Bianca

Michelle Conder

El príncipe de las dunas

HARLEQUIN™

Editado por Harlequin Ibérica.
Una división de HarperCollins Ibérica, S.A.
Núñez de Balboa, 56
28001 Madrid

I.S.B.N.: 978-84-687-6234-0
Depósito legal: M-18607-2015
Impresión en CPI (Barcelona)
Fecha impresion para Argentina: 22.2.16
Distribuidor exclusivo para España: LOGISTA
Distribuidor para México: CODIPLYRSA
Distribuidores para Argentina: Interior, DGP, S.A. Alvarado 2118.
Cap. Fed./Buenos Aires y Gran Buenos Aires, VACCARO HNOS.

Capítulo 1

HAY días que empiezan bien y se mantienen así. Hay otros que empiezan bien y se estropean rápidamente.

Mientras Nadir Zaman Al-Darkhan, príncipe heredero de Bakaan, miraba una gran y fea estatua situada en la esquina de su despacho de Londres, decidió que ese día estaba estropeándose.

–¿Qué demonios es esto? –preguntó a su nueva secretaria, que lo miró asustada.

Por lo general, la gente lo trataba o con deferencia o con temor y, según su hermano, eso tenía que ver con las vibraciones que desprendía. Al parecer, emanaba un aura de poder e implacable determinación que no beneficiaba mucho a sus relaciones personales, razón por la que no tenía muchas. Esas relaciones las situaba muy por debajo del trabajo, del ejercicio, del sexo y de las horas de sueño.

«No siempre», le susurró al oído una artera voz; frunció el ceño cuando esa misma voz recreó la imagen de una mujer con la que había estado hacía aproximadamente un año y a la que no había vuelto a ver desde entonces.

–Señor, creo que es un ciervo dorado –tartamudeó su secretaria, sin duda aterrada.

Aplicando parte de esa actitud implacable que su hermano había mencionado, Nadir desterró de su mente la imagen de la bailarina rubia y se giró hacia la estatua.

–Eso lo capto, señorita Faetón. Lo que debería haber dicho es: «¿Qué demonios está haciendo en mi despacho?».

–Es un regalo del sultán de Astil.

Vaya, ¡justo lo que necesitaba! Otro regalo de un líder mundial al que no conocía ofreciéndole sus condolencias por la reciente muerte de su padre. Hacía solo un día que había vuelto a Europa tras el funeral y estaba cansado de esos recordatorios que no hacían más que resaltar el hecho de que no sentía nada por el hombre que lo había engendrado. Furioso, se acercó al escritorio y se sentó.

–Dígame, señorita Faetón. ¿Debería una persona sentirse mal porque su padre haya muerto?

–No sabría decirle, señor –respondió la secretaria con los ojos abiertos de par en par.

–¿Qué más tiene para mí, señorita Faetón?

Ella pareció aliviada de que se hubiera centrado en el trabajo.

–La señorita Orla Kinesia ha dejado un mensaje.

Nadir ya estaba lamentando haber llamado a una antigua amante para salir a cenar. Antes, cuando se le había ocurrido, había estado aburrido por culpa de un grupo de ejecutivos que no eran capaces de convencerlo de que invirtiera millones en un nuevo producto.

–¿Y qué ha dicho?

–Ha dicho, y cito textualmente: «Solo me interesa si esta vez se va a tomar nuestra relación en serio».

Volteando la mirada con exasperación, Nadir preguntó:

–¿Algo más?

–Su hermano ha llamado y quiere que lo llame lo antes posible.

Tal vez Zapico había recibido también un ciervo gigante, aunque lo más probable era que quisiera saber qué tal le iba con su plan de ayudar a trasladar su patria árabe al siglo XI. Su padre había gobernado Bataan con puño de hierro y, ahora que había muerto, se suponía que era labor de Nadir dirigir el país hacia el futuro. Sin embargo, eso era algo que no tenía ninguna intención de hacer.

Años atrás le había prometido a su padre que jamás regresaría para gobernar Bakaan y él siempre cumplía sus promesas. Por suerte, a Zachim lo habían preparado para ocupar su lugar y había accedido a ser el próximo rey. Pobre tonto.

–Llámelo.

–Tengo otros mensajes –dijo la mujer moviendo su iPad.

–Envíemelos por e-mail a mi PDA.

Un momento después, su agenda electrónica y el teléfono fijo sonaron. Su nueva secretaria era eficiente; eso, al menos, tenía que reconocerlo.

–Si te me vas a echar encima por lo de la propuesta de negocio para reinvertir en el sistema bancario de Bakaan, me gustaría recordarte que tengo un negocio internacional que dirigir –refunfuñó, aunque con tono amable. Aunque solo eran hermanos de padre, Zachim era la única persona a la que Nadir consideraba un verdadero amigo.

–Ojalá fuera solo eso –el tono de su hermano sonó adusto–. Tienes que volver ahora mismo.

–Diez horas en ese lugar ya han sido demasiado para mí –contestó Nadir. Antes del funeral había pasado veinte años sin ir a Bakaan y, con mucho gusto, se pasaría otros veinte más sin hacerlo. Los recuerdos que tenía de su patria estaban mejor enterrados, y estando allí había tenido que librar una auténtica batalla para intentar controlarlos. De hecho, solo lo había logrado evocando recuerdos de esa bailarina exótica, y eso que tampoco le gustaba mucho pensar en ella teniendo en cuenta cómo habían terminado las cosas entre los dos. Y, sin embargo, ahí estaba otra vez, pensando en ella. Se pasó una mano sobre su barbilla recién afeitada.

—Sí, bueno, saliste corriendo de aquí antes de oír la noticia —dijo su hermano.

Nadir se recostó en su silla con una relajada elegancia felina y subió los pies al escritorio.

—¿Qué noticia?

—Padre te nombró el siguiente en la línea de sucesión al trono. Vas a ser el rey y más te vale mover el trasero corriendo para volver aquí. Algunas de las tribus insurgentes de las montañas están levantándose para generar inestabilidad en la región y Bakaan necesita una muestra de liderazgo.

—Espera un momento —la silla de Nadir cayó de golpe hacia delante cuando plantó los pies en el suelo—. Padre te nombró a ti el heredero.

—Verbalmente —la frustración era clara en el tono de Zach—, pero parece que eso no convence mucho al Consejo.

—Es ridículo.

—Eso es lo que pasa cuando te mueres de un infarto sin tener en orden tus papeles.

Nadir se obligó a relajarse y a respirar hondo.

—Sabes que tiene sentido que te conviertas en el próximo sultán. No solo diriges el ejército, sino que has vivido allí casi toda tu vida.

Oyó el suspiro de pesar de su hermano y se esperó no oír otra charla sobre que él era el mayor y tenía ese derecho de nacimiento.

—Creo que estás cometiendo un error, pero tendrás que renunciar oficialmente a tu puesto ante el Consejo.

–Muy bien. Les enviaré un e-mail.

–Lo harás en persona.

–¡Eso es ridículo! Estamos en el siglo XXI.

–Y, como bien sabes, Bakaan se mueve en algún punto de mitades del XIX.

Nadir apretó la mandíbula y agarró la pelota antiestrés que tenía en la mesa para lanzarla a la canasta que colgaba en la pared junto a un Matisse. Aunque su padre no habría tenido planeado morir cuando lo hizo, sí que tenía que estar al corriente del protocolo de sucesión. ¿Era esa su forma de intentar controlarlo incluso desde la tumba? Si lo era, no le funcionaría.

–Fija la reunión para mañana.

–Eso haré.

Colgó y miró al infinito. Eso era lo que pasaba por no dejar los cabos bien atados en el momento adecuado. Veinte años atrás se había marchado de Bakaan después de que su padre se hubiera negado a celebrar un funeral de Estado para su madre y su hermana gemela tras un accidente de tráfico alegando que lo habían avergonzado al intentar huir del país para empezar una nueva vida. No le había importado el hecho de haber estado casado con su madre durante años o que su madre y su hermana fueran terriblemente infelices viviendo en el exilio en Bakaan. Lo único que le había importado era que siguieran viviendo donde él las había instalado. Cuando Nadir le había plantado cara para defender su honor, su padre le había dicho que o aceptaba lo que él imponía o se marchaba de allí.

Y entonces, cuando Nadir había elegido marcharse, su padre había renegado de él. Era una de sus especialidades: darle la espalda a cualquiera que no lo complaciera.

Nadir había partido en busca de su propio camino en

el mundo y había sido todo un alivio porque lo había ayudado a olvidar el papel que, sin ser consciente, había desempeñado en las muertes de su madre y de su hermana. También había sido la última vez que había dejado que su padre lo manipulara.

Lo invadieron los recuerdos y se puso de pie maldiciendo. Se quedó mirando por la ventana mientras un rayo de sol atravesaba las nubes proyectando un tono dorado sobre las casas del Parlamento. El color le recordó al largo cabello sedoso de Imogen Reid y su ánimo se desplazó al sur de su cuerpo al pensar en ella una vez más. Era otro cabo suelto que aún tenía que atar.

Frustrado por cómo se estaba desarrollando el día, revisó los mensajes que su secretaria le había enviado y abrió los ojos de par en par al ver uno de su Jefe de Seguridad.

Un sexto sentido le decía que el día no iba a mejorar aún.

—Bjorn.

—Jefe —dijo su Jefe de Seguridad con un suave acento bostoniano—. ¿Sabe esa mujer que me dijo que siguiera hace catorce meses?

Maldita sea, no se había equivocado. Todos los músculos de su cuerpo se tensaron.

—Sí.

—Estoy segurísimo de que la hemos encontrado. Acabo de enviarle una imagen al móvil.

Con un nudo en el estómago, Nadir se apartó el teléfono del oído y vio el rostro de la preciosa bailarina australiana que había secuestrado sus pensamientos catorce meses atrás materializarse en la pantalla. Quince meses atrás la había conocido en el Moulin Rouge después de que Zach y él se hubieran encontrado en París al mismo tiempo.

Su hermano había dicho que le apetecía ver algo bonito y por eso se habían dirigido a la famosa sala de baile. Nadir se había fijado en la escultural bailarina de pelo color trigo y ojos del color del césped recién cortado un día de verano, y cuatro horas más tarde la había tenido rodeándolo por la cintura con sus increíbles piernas en su apartamento parisino. Después la había tomado sobre la mesa del comedor, bajo la ducha y al final en la cama. Su aventura había sido tan ardiente como el sol de Bakaan en agosto. Apasionada. Intensa. Devoradora.

Jamás había sentido una atracción tan fuerte hacia una mujer y, aunque su cerebro le había advertido que se apartara, él había realizado cuatro viajes de fin de semana consecutivos a París solo para estar con ella. En ese momento debería haber sabido que esa mujer le traería problemas, que su aventura no podía terminar bien. Pero por entonces no había sabido que terminaría con ella embarazada y diciéndole que el bebé era suyo. Y tampoco había sabido que, después, ella desaparecería antes de que él tuviera la oportunidad de hacer algo al respecto.

Lo más probable era que hubiera desaparecido porque, en realidad, no estuviera embarazada, pero, aun así, la idea de haber engendrado a un hijo que estuviera por algún lugar en el mundo lo consumía. No sabía a qué había jugado ella en aquel momento, pero no tenía duda de que había jugado con él, y ahora solo quería saber cuánto... y por qué.

—Es ella. ¿Dónde está? —preguntó con brusquedad.

—Resulta que está en Londres. Ha estado aquí todo el tiempo.

—¿Alguna señal de que tenga un bebé?

—Ninguna. ¿Debería preguntarlo? Ahora mismo estoy sentado en la cafetería donde trabaja.

–No –parecía como si ese fuera el día en el que le estaban dando la oportunidad de librarse de todas las cuestiones irritantes de su vida y, ahora que lo pensaba, eso solo podía ser algo positivo. Una ligera sonrisa retorció sus labios–. Ese placer será mío. Escríbeme tu ubicación.

–Ese tipo que te está mirando me está poniendo los pelos de punta.

Agotada por la falta de sueño que generaba una hija de cinco meses a la que le estaban saliendo los dientes, Imogen contuvo un bostezo y no se molestó en girarse hacia el fondo de la sala, por mucho que sabía a quién se refería Jenny. También le estaba poniendo los pelos de punta a ella, y no solo por su imponente físico. Lo reconocía de alguna parte, aunque no recordaba de dónde.

Dobló una servilleta de papel en su zona de la barra y lanzó otra rápida mirada hacia la calle para ver si su compañero de piso, Minh, había aparecido. Su turno ya había terminado, pero se había quedado a ayudar hasta que él llegara.

–Creo que quiere pedirte salir.

–Es por el pelo rubio. Probablemente piensa que soy una chica fácil.

Quince meses atrás, un hombre igual de imponente había pensado lo mismo de ella, pero ese en concreto había vestido un traje de miles de dólares y la había cautivado. Ahora ya no era tan crédula como antes en lo que respectaba a los hombres y, además, ese tipo parecía pertenecer al servicio secreto o algo así, lo cual solo hacía que se sintiera más inquieta todavía. La pequeña cafetería de estilo retro donde trabajaba como camarera no solía atraer a esa clase de clientela que requería de seguridad personal, y sabía que el mujeriego multimillonario del traje de tres mil dólares solía tener su propia seguridad. ¿Era ahí donde había visto antes a ese hombre? ¿Con Nadir? Le parecía imposible, pero antes de poder lanzar otra mirada hacia su lado, Jenny le dio un codazo.

–Ya no tienes de qué preocuparte. Creo que acabo de ver a tu novio fuera.

Imogen se puso colorada y alzó la cabeza ya que por un segundo pensó que Jenny se estaba refiriendo al mujeriego al que no había podido olvidar nunca, por mucho que lo hubiera intentado. Cuando vio a Minh saludándola por la ventana de la cafetería respiró aliviada. ¡Qué nerviosa se había puesto.!

–Nunca lo había visto antes –continuó Jenny–. Y qué guapo está llevando a tu niña en ese canguro –suspiró–. Ojalá pudiera conocer a un hombre que estuviera bueno y que, además, fuera un padre cariñoso.

Con el corazón aún acelerado, Imogen saludó a su amigo y a su niña. Suponía que sí que se podía considerar a Minh un tío guapo con esos exóticos rasgos euroasiáticos y, sin duda, era además uno de los hombres más buenos que había conocido en su vida, pero nunca lo había visto más que como amigo. Y no solo porque fuera gay, sino porque el príncipe Nadir Zaman Al-Darkhan la había dejado con un bebé a quien cuidar, y con una fobia a enamorarse.

Bueno, tal vez no fobia, exactamente. Más bien una profunda determinación a no permitir jamás que un hombre se volviera a aprovechar de ella. Su propio padre se había aprovechado de la bondad inherente de su madre y ver a su madre inventarse excusa tras excusa para justificar por qué su padre apenas pasaba tiempo con ellas la había devastado.

–Tu padre trabaja muchísimo, pequeña. Solo necesita tiempo para relajarse, eso es todo.

¿Relajarse con otra mujer y terminar abandonando a su esposa por ella? Imogen jamás permitiría que eso le pasara a ella. Si en el futuro probaba a tener otra relación, lo haría con los ojos bien abiertos y sería únicamente según sus términos. De pronto, una imagen del atractivo rostro de Nadir se materializó en su mente y la apartó.

–Por desgracia, no es mi novio –ni el padre de su hija.

Le lanzó una sonrisa a Jenny y le deseó una fabulosa noche de viernes antes de dirigirse a la parte trasera del bar para recoger su bolso y salir a reunirse con su improvisada familia.

Minh había sido un regalo caído del Cielo en muchos aspectos durante ese último año. Cuando había descubierto que estaba embarazada, su compañera de piso, la hermana de Minh, le había dicho que su hermano mayor se marchaba a Estados Unidos durante seis meses y que estaba buscando alguien que le cuidara la casa. Le había parecido una gran oportunidad, aunque, de todos modos, probablemente se habría marchado hasta Siberia con tal de salir de París en aquel momento.

Sin familia cercana con la que volver a Australia, se había esperado tener tiempo de sobra en Londres para prepararse antes de que llegara el bebé. Por desgracia, no había tenido en cuenta que se encontraría tan mal que apenas podría levantarse del sofá de Minh. Cuando Minh había regresado a casa, la había acogido bajo su ala y le había dicho que podía quedarse todo el tiempo que necesitara. Incluso la había visitado en el hospital justo después de que su preciosa hija hubiera llegado al mundo, mientras que, sin duda, el padre de la criatura habría estado tomando vino y cenando con alguna su-permodelo en una isla tropical.

Imogen se estremeció. Desde el principio había es-tado al tanto de la reputación de Nadir de guapo rebelde y chico malo, y por lo que a ella respectaba, a la des-cripción se le podía añadir «machista irresponsable». Y tal vez también añadir «estupidez» por su parte por-que en aquel momento se había creído que se había ena-morado de él. ¡Tonta!

Decir que le debía mucho a Minh era quedarse corta. Y sobre todo le debía la oportunidad de que su novio se pudiera mudar al apartamento con él sin que estuvieran ellas. Así, tenía pensado que con una o dos semanas le bastaría para poder encontrar otra casa, aunque sabía que Minh no la presionaría. Tenía un corazón tan grande como una montaña.

–¡Ey, preciosa! –le dijo besándola en la mejilla–. ¿Qué tal el trabajo?

–Muy bien –agarró en brazos a su sonriente bebé y le plantó besos por toda la cara. Nadeena la miró con los impactantes ojos azules grisáceos de Nadir y unas pestañas color ébano. Tenía su misma tez aceitunada–. ¿Qué habéis estado haciendo?

–La he llevado al parque y a la terraza de una cafe-tería. Espero que no apeste –dijo Minh mientras se de-sabrochaba el canguro–. Con este tiempo esto es como llevar un ladrillo caliente contra tu cuerpo. Y la gente se queja de que los veranos londinenses son poco cáli-dos.

Imogen se rio.

–Un día con veintiocho grados y los ingleses os dais por vencidos. El problema es que no sabéis cómo hacer frente al calor.

–El problema es que no queremos hacerle frente.

Sonriendo, Imogen agarró el canguro y se lo colocó sobre los hombros; después colocó a Nadeena dentro y todas esas sensaciones de inquietud que la habían invadido antes se disiparon. Agarró a Minh del brazo.

–Sabes cuánto valoro tu ayuda, ¿verdad? No tengo palabras para agradecerte que la hayas cuidado hoy. Y ayer –esbozó una mueca–. Y la semana pasada.

–Es un encanto de niña y la película cutre que tengo que editar aún no está lista. Hasta que me llamen, soy hombre libre.

–No dejes que David te oiga decir que eres un hombre libre –bromeó.

Cuando estaba a punto de responderle, Minh abrió la boca de par en par.

–Un arcángel del Cielo acaba de aterrizar y lleva un Armani y un gesto serio impresionante.

Riéndose, Imogen se giró y se quedó más boquiabierta todavía que él.

El despiadado y cruel bastardo que la había dejado embarazada y sola en París se dirigía hacia ella, con sus largos pasos con los que parecía comerse la acera y esquivando a viandantes que, atónitos, lo veían moverse con la actitud de un tiburón persiguiendo un banco de atunes.

Imogen, totalmente aturdida, levantó los brazos de manera inconsciente para rodear a la pequeña, que estaba durmiendo.

Nadir se detuvo justo delante de ella.

–Hola, Imogen –por muy alta que era, tuvo que echar la cabeza atrás para poder mirarlo a los ojos, que llevaba ocultos tras unas gafas de estilo aviador–. ¿Me recuerdas?

Imogen se encontraba en un estado de shock tal por verlo después de haber estado pensando en él que lo único en lo que podía pensar su aturullado cerebro era en lo guapísimo que estaba con ese traje negro y en lo revuelto que llevaba el pelo, seguramente por haberse pasado los dedos por él un centenar de veces.

–Yo... eh... por supuesto.

Tragó saliva con dificultad mientras él miraba a Nadeena. El brillo de sus gafas hacía que pareciera un depredador de ojos de acero acechando a su suculenta presa.

–Has tenido al bebé.

Algo en el modo en que lo dijo con su profunda voz hizo que se le erizara el pelo de la nuca.

Notando su inquietud, Minh se colocó a su lado como para protegerla, e Imogen respiró hondo.

–Sí.

–Qué bien –respondió Nadir con una sonrisa blanquísima y completamente letal. Después, lentamente, se quitó las gafas de sol y sus impactantemente preciosos ojos azules grisáceos se clavaron en los suyos con la frialdad de un glaciar–. ¿Quién es el padre?

Capítulo 2

IMOGEN lo miró, digiriendo lentamente sus duras palabras. Intentando que no le temblaran demasiado las rodillas, forzó una sonrisa y pensó que era normal que preguntara por el bebé. ¿Por qué no iba a hacerlo? Después de todo, fue su médico el que había confirmado el embarazo aquella fatídica noche en su apartamento de París.

Si se hubiera marchado del trabajo cinco minutos antes o después, se habría evitado toda esa situación. Tragó saliva y se obligó a mirarlo a los ojos, a mirar esa ceja enarcada que podía hacerle parecer o terriblemente seductor o increíblemente amenazante. Ese día, sin duda, le resultaba amenazante, lo cual no explicaba que su cuerpo estuviera siendo recorrido por electrodos de excitación, produciéndole temblores y un intenso calor al mismo tiempo.

No, no era excitación; era adrenalina. No podía catalogar su reacción como excitación después del modo en que Nadir la había tratado, y recordarlo la ayudó a calmarse. A continuación, esbozó una tensa sonrisa y decidió que era mejor no responder a su pregunta todavía.

—Es una sorpresa verte aquí.

—Seguro que sí, *habibi*. Ahora responde a mi pregunta.

Tragando saliva nerviosa, alzó la barbilla. En el pasado él le había susurrado esa palabra cuando estaba a punto de seducirla, y ahora mismo Imogen estaba deseando que no fuera tan complicado lograr contener esos recuerdos eróticos de la aventura que habían vivido.

—¿Por qué lo preguntas?

—No juegues conmigo, Imogen. No estoy de humor.

Minh, al notar claramente la cólera de Nadir, se situó delante de ella.

—Tranquilo. No hay por qué ponerse agresivo.

Nadir giró lentamente su acerada mirada hacia Minh y, aunque el joven ni se inmutó, Imogen sí que lo hizo. Por desgracia, Minh no tenía ni idea de que ese príncipe rebelde era el padre de Nadeena. No se lo había dicho a nadie.

—¿Y tú eres?

—Amigo de Imogen.

—Te sugiero que retrocedas, amigo de Imogen. Esto no es asunto tuyo —y centrando toda la fuerza de su atención en ella, añadió—: ¿Y bien?

—Lo siento, pero no me gusta tu actitud —dijo Minh sacando pecho—. Vas a tener que tranquilizarte un poco.

—No pasa nada, Minh —le dijo Imogen apretándole el brazo—. Lo conozco.

—Eso es quedarse corto, *habibi*.

Imogen sintió un intenso calor subiéndole por el cuello.

—No me gusta —dijo Minh en voz baja.

A ella tampoco, pero echó mano de su formación como artista y le lanzó una sonrisa digna de un premio.

—No pasa nada. De verdad. ¿Por qué no te vas a casa? Yo me puedo ocupar de esto.

—¿Estás segura? —Minh parecía dudoso.

—Acaba de decir que sí, ¿no?

Imogen logró evitar que Minh se enfrentara de nuevo a Nadir y le dio una palmadita en la espalda a Nadeena, que parecía inquieta.

–Márchate. De verdad. Estaremos bien.

–Llámame si me necesitas –le dijo su amigo dirigiéndose con reticencia hacia la estación de metro de Green Park.

En cuanto desapareció de su vista, respiró aliviada. Mejor un tipo duro solo que dos, ¿no?

–¿A qué viene esto, Nadir?

–¿Tú qué crees?

–Si lo supiera, no te lo preguntaría.

–¿Cuántos meses tiene la niña?

–¿Cómo sabes que es una niña?

–No creo que sea lo habitual ponerle a un niño un sombrerito rosa.

–A lo mejor es que quiero marcar tendencia.

Él resopló como si estuviera colmando su paciencia.

–¿Cuántos meses tiene la niña?

–Cinco.

–Así que nuestra aventura tuvo como resultado un bebé.

–¡Yo no he dicho eso! –respondió con fuerza Imogen.

–Entonces te estabas acostando con otro mientras estuvimos juntos –dijo con un brusco tono que a ella no la impresionó lo más mínimo.

–No me asombra que tengas esa forma de pensar –respondió ella mordazmente recordando cómo, básicamente, la había acusado de lo mismo la última noche que habían pasado juntos en París–. Y no es asunto tuyo.

–Si no es mía, ¿entonces de quién es? –preguntó observando a Nadeena.

–Mía.

Nadir apretó los labios.

–¿De verdad crees que puedes engatusarme con juegos de semántica?

Después de cómo había reaccionado ante la noticia de su embarazo, Imogen quería saber qué motivos tenía en ese momento para preguntarle antes de revelarle más verdades.

–Mira, Nadir...

Él dijo algo en árabe y se acercó. Imogen sintió el frío escaparate de la tienda contra su espalda y cerró los ojos por un instante para intentar calmarse. Los abrió de nuevo al sentir la voz de Nadir demasiado cerca de su oreja.

–Maldita sea, ¿no te irás a desmayar, verdad?

No, no se iba a desmayar, pero sí que quería salir corriendo. Muy deprisa.

Y como si le leyera el pensamiento, Nadir sacudió la cabeza y dijo:

–No vas a salir corriendo otra vez, Imogen, cariño.

¿Otra vez? ¿Qué quería decir con eso?

–No sé de qué me estás hablando, pero tengo que irme. Esta noche trabajo otro turno.

–*Habibi*, no llevo catorce meses buscándote para que ahora me tomes el pelo.

Inmediatamente, Imogen sintió calor y frío, y, al igual que la primera vez que lo había mirado, se quedó sin oxígeno; algo que en aquel momento había resultado desastroso ya que se había encontrado en mitad de una exhibición de cancán ante un local lleno. Nadir había estado sentado en una mesa pequeña con su hermano, tal como había descubierto más tarde, pero ella solo había tenido ojos para él. Y él solo había tenido ojos para ella, al menos hasta el momento en que se había enterado de que estaba *enceinte*.

Como si sintiendo su angustia, Nadeena se movió con inquietud contra su pecho y ella intentó calmarla para que se durmiera. Su primera prioridad era mantener a su hija a salvo. Segura.

Y no es que pensara que Nadir pudiera herirla físicamente. No, lo que temía era su poder para hacerle daño emocionalmente, que, normalmente, solía ser mucho peor porque la mayoría de las heridas se curaban, mientras que las cicatrices mentales permanecían ahí para siempre. Ella lo sabía porque había pasado mucho años intentando, sin lograrlo, ganarse el amor de su padre, y no tenía ninguna intención de condenar a Nadeena a la misma suerte.

–¿Catorce meses? ¿De qué estás hablando?

Al notar el profundo surco entre los preciosos ojos verdes de Imogen, Nadir lamentó de inmediato su estallido emocional. Lo que necesitaba ahora mismo era mantenerse frío y controlarse, aunque haberla encontrado con una niña desafiaba esa posibilidad considerablemente, al igual que lo hacía esa actitud evasiva que implicaba que tenía algo que ocultar.

–No seguiremos discutiendo esto en la calle. Ven.

–No.

«Altanera como de costumbre», pensó Nadir al volverse hacia ella. Se había sentido atraído por ese matiz regio de su naturaleza cuando se habían conocido, pero ahora ese rasgo lo enfurecía, al igual que esa ingenua mirada en sus ojos abiertos como platos.

Cuando se había fijado en ella por primera vez, le había parecido distinta de las otras mujeres que habían adornado su vida de vez en cuando. Menos artificial. Más sincera. Más auténtica. Pero Imogen Reid había resultado ser tan auténtica como una prostituta con cientos de euros en la mano.

Miró al bebé que dormía en sus brazos. Todo en su interior le decía que era su hija y se preguntó cuánto más habría esperado Imogen antes de presentarse por sorpresa en su puerta y exigirle una pensión de manutención digna de una reina.

Esos últimos meses sin saber si habría dado a luz al bebé que había dicho que era suyo, sin saber si se encontraba bien, si el bebé estaba bien, si estaban vivas, lo había devorado por dentro. Cuando ella le había enviado un mensaje diciéndole que «se había ocupado de todo», él había dado por hecho que le había puesto fin al embarazo. Había sentido náuseas solo de imaginarlo, pero el hecho de saber que había sido él el que la había dejado embarazada lo había hecho sentirse aún peor.

La paternidad no era algo que se hubiera planteado nunca. Sin embargo, ahora parecía que el destino tenía otras ideas y, si esa mujer le había ocultado el nacimiento de su hija... deliberadamente... Cruelmente...

La miró. Ni aunque lo intentara podría detestar más a alguien.

–Nadir, por favor, si yo... –se humedeció los labios con la punta de la lengua–. Si te digo que eres su padre, ¿podríamos dejar ahí las cosas? ¿Podemos despedirnos como amigos?

Nadir se quedó impactado. ¿Hablaba en serio? ¿Se creía que se marcharía sin más después de admitir que la niña era suya? Si esa niña verdaderamente era suya, de ningún modo se alejaría de ellas.

La miró y vio que Imogen parecía un ratoncillo asustado que acababa de quedar atrapado en una trampa muy grande de la que no podría escapar. «Oportuno, muy oportuno», pensó. Desde el momento en que se ha-

bía fijado en ella, su primer instinto había sido abrazarla. Había querido reclamarla como suya. Y, por muy
desconcertante que resultara, ese deseo era más fuerte
que nunca.

Nervioso, se tiró del cuello de la camisa. Ni siquiera
la idea de tener que renunciar al trono al día siguiente
lo estaba afectando tanto. O tal vez era una mezcla de
las dos cosas.

–No creo que se nos haya podido considerar «amigos» nunca, Imogen –compañeros de cama. Amantes.
Eso sí, pero amigos, no tanto.

–Es bueno saberlo –contestó ella secamente–. Sinceramente, no sé por qué estás aquí.

Se suponía que con eso terminaba la conversación,
pero Nadir se movió una vez más y se colocó frente a
ella.

–Vamos, *habibi*. Sé que no eres tan tonta.

–Mira, Nadir, las tácticas de vigilancia son muy in-
timidantes. Bien hecho. Pero no puedes impedir que me
marche.

Él resopló con frustración.

–Si cooperaras y me dijeras lo que quiero saber, no
necesitaría emplear ninguna táctica. Mi coche está esperando en la esquina –señaló un Mercedes negro impresionante–. ¿Vamos?

–No –respondió ella con rotundidad–. No vamos. No
hasta que entienda de qué trata todo esto.

Nadir podía ver cómo le palpitaba el pulso frenéticamente en el cuello; un cuello que deseaba cubrir con
sus labios y con su lengua.

–Todo esto trata de... –comenzó a decir con una tran-
quilidad que ocultó la sangre ardiente que le recorría las
venas– que parece que has tenido una hija mía y no me
lo has contado.

Las arrugas en la frente de Imogen se marcaron aún más y él tuvo ganas de alisarlas con su dedo.

–¿Cómo se llama? –preguntó furioso.

Unos ojos color esmeralda se oscurecieron hasta volverse casi negros antes de desviar la mirada.

–Esto no tiene ningún sentido, Nadir.

–Tal vez para ti no lo tenga.

Abatida, ella emitió un suave gemido y el cuerpo de Nadir lo reconoció como uno de los que solía dejar escapar en la cama. Le dejó asombrado que pudiera sentirse tan furioso y excitado a la vez. El problema eran esos incesantes recuerdos de tenerla tendida desnuda en su cama.

Durante sus momentos de descuido esos recuerdos le recorrían y le recordaban que en una ocasión había creído haber encontrado algo especial en esa mujer.

–Por favor, Nadir...

–¿Por favor qué, Imogen? –bramó odiando el sonido de su nombre sobre sus traicioneros labios y recibiendo con agrado la rabia que lo recorría de nuevo–. ¿Que, por favor, te perdone por haberme ocultado el nacimiento de mi hija? Porque es mía, ¿verdad?

–No te oculté su nacimiento. Sabías que estaba embarazada y no querías saber nada de ella –respondió furiosa y alzando la voz.

–No lo creo. Ven.

–Pero si ni siquiera te creías que fuera hija tuya. ¡Por Dios! ¿Es que no puedes olvidar que nos hemos vuelto a encontrar?

–¿Es eso lo que quieres?

Ella no respondió, y él prefirió que así fuera porque estaba perdiendo el control por momentos.

–Dime –le dijo con voz sedosa–. ¿Crees en el destino, Imogen?

–No.

–Entonces tendrás que culpar a la suerte de este encuentro, ¿no?

Ella lo miró y se mordió el labio inferior, lo cual significaba que estaba reflexionando. Nadir se acercó más, inhalando su maravilloso y dulce aroma. Tragó saliva con dificultad. Su conciencia le estaba jugando una mala pasada aunque, en realidad, no tenía nada por lo que sentirse culpable.

–Vas a venir conmigo aunque tenga que meterte en el coche yo mismo.

–Ni siquiera tú serías capaz de hacer algo tan atroz.

Nadir soltó una carcajada. Si ella supiera que estaba a punto de hacerlo...

–¿Entonces, de qué tienes miedo, *habibi*?

–Yo no tengo miedo. Estoy confundida –dijo con total sinceridad–. ¿Qué quieres?

–Hablar –tenía muchas preguntas que aclarar; una de ellas era cómo había podido esconderse tan eficazmente que ni su equipo de seguridad había podido localizarla hasta ahora. Y después estaba otra pequeña cuestión: quería formar parte de la vida de su hija de un modo permanente. Y no tenía ninguna duda de que Imogen lo agradecería porque eso le granjearía dinero y estatus, y él no había conocido a mucha gente que no antepusiera eso a la integridad y la dignidad.

Capítulo 3

IMOGEN se pasó la lengua por sus secos labios mientras el corazón le golpeteaba frenéticamente, casi al borde del infarto, cuando Nadir la llevó hacia el coche.

Todo su cuerpo le advertía que no fuera con él, pero lo cierto era que no temía a Nadir. Y, a pesar de su hostil actitud, seguro que no querría saber nada de Nadeena a largo plazo.

En realidad, probablemente solo quería asegurarse de que no acudiría a la prensa con la noticia. Le dio un vuelco el estómago. Seguro que eso era lo que quería evitar; eso, y que no le exigiera ninguna compensación económica en el futuro. Tal vez incluso le ofrecería crear un fideicomiso para Nadeena. Si lo hacía, ella no lo admitiría. Ella misma mantendría a su hija y Nadeena no necesitaba llegar a saber nunca que su padre no la había amado lo suficiente como para tenerla en su vida.

Incapaz de contenerse, observó su rostro. Seguía pareciéndole el hombre más atractivo que había visto en su vida, con su abundante cabello negro que caía en capas largas, su piel aceitunada, y una nariz aguileña que encajaba a la perfección con una mandíbula cuadrada que siempre parecía necesitar un afeitado. Y su boca.

De acuerdo, sería racional y hablaría con él. Respondería a sus preguntas banales y le aseguraría que no quería nada de él.

–Muy bien. Puedo darte unos minutos.

Nadir no respondió y unas campanas de alarma resonaron con fuerza dentro de su cabeza mientras un fornido chófer abría la puerta suavemente. Después, una brisa deliciosamente fresca la sacudió y ella agachó la cabeza para subir al vehículo con Nadeena aún amarrada a su pecho.

–¿No estarías mejor quitándote esa cosa?

Esa brusca pregunta sonó desde el asiento contrario e Imogen se quedó embobada cuando su masculino aroma la envolvió.

–Esto es un canguro y, no, no puedo. No sin despertarla.

–Pues despiértala.

–No es buena idea. ¿No sabes que nunca se debe despertar a un bebé que esté durmiendo?

–¿Y cómo quieres que lo sepa?

Cada palabra sonó envuelta de censura y ella tuvo que obligarse a seguir mirándolo a los ojos. Nadeena tenía los mismos ojos. Qué suerte para ella.

–Bueno, aquí estoy. Hablemos.

–Esta no es conversación para mantener en una limusina –Nadir hizo un gesto con la mano y dijo algo... ¿en italiano? ¿En griego? Antes de que Imogen pudiera darse cuenta, el coche ya se había puesto en marcha.

–Espera. ¿Adónde vamos?

Él la miró con insolente lentitud y ella sintió cómo se le secó la boca.

Decidida a no dejarse debilitar tanto por él como para acabar convertida en una marioneta, tomó aire y exhaló. Pero estaba tan concentrada en calmarse que tardó tiempo en asimilar lo que dijo Nadir sobre que iban a su apartamento.

–¿A tu apartamento? No –dijo sacudiendo la cabeza–. Me has malinterpretado. Me refería a hablar unos minutos aquí, en el coche. Y, además, es ilegal conducir con un bebé que no vaya en una silla adecuada.

Nadir se inclinó hacia delante, habló con su conductor, y el coche aminoró la marcha.

–Mi apartamento está cerca. Y eres tú la que me has malinterpretado, Imogen. Tenemos que hablar y con unos minutos no vamos a tener ni para tratar el primer asunto.

–No veo por qué no. Hace catorce meses hice lo que querías y desaparecí de tu vista, así que no entiendo qué quieres de mí ahora.

Los esculpidos labios de Nadir se afinaron formando una adusta línea.

–Sí que desapareciste, eso lo tengo que reconocer. Y todavía no me has dicho su nombre.

¿Su nombre? Imogen agachó la mirada para protegerse con la cabeza de su hija. No podía revelar su nombre. No quería que ese hombre, que tanto había significado para ella, se burlara de su sentimentalismo.

Por suerte, el coche paró en la acera antes de que tuviera que responder y, sintiéndose mareada, siguió a Nadir por el gran vestíbulo de su edificio.

–¿Cuándo te has mudado a Londres?

–No me he mudado –pulsó el botón del ascensor y ella recordó que, cómo no, tenía apartamentos en las principales ciudades del mundo.

Mientras observaba su precioso salón, por dentro pensaba en lo absurdamente distintas que eran sus vidas. Sí, sin duda había sabido que era rico cuando lo había conocido, sus compañeras la habían puesto al corriente de quién era, pero exceptuando su impresionante y divino apartamento en la isla de San Luis, el tiempo que habían pasado juntos había sido de lo más sencillo.

Noches en la cama, mañanas en la pastelería del barrio, tardes paseando o corriendo por el Sena. Más tiempo en la cama.

Intentando deshacerse de esos recuerdos, se dirigió hacia los sillones y tumbó a Nadeena sobre uno de ellos. Miró a Nadir y le pidió la bolsa del bebé mientras comprobaba el pañal de la niña.

En ese momento la pequeña dirigió sus curiosos ojos hacia él y parpadeó.

—Tiene mis ojos —dijo él con la voz entrecortada.

Fue imposible ignorar el tono de asombro de su voz e Imogen se vio invadida por unas inesperadas emociones. Emociones tan enmarañadas entre sí que eran difíciles de definir.

—Ya estás, pequeña —la tomó en brazos y la apoyó contra su hombro. Después miró a Nadir—. Tengo que darle de comer.

—Adelante.

Imogen se humedeció los labios.

—Me gustaría tener un poco de intimidad.

Él se detuvo e Imogen estuvo segura de haberlo visto sonrojarse.

—¿Le das el pecho?

Aunque le había dado el pecho en cafeterías y en parques y ni se había inmutado por ello antes, en ese momento, en un tranquilo salón con un hombre del que había creído estar enamorada una vez, resultaba algo demasiado íntimo. Su continua mirada escrutadora la hizo sentir incómoda.

—Sí.

Cuando sus miradas se encontraron, ella no pudo más que apartar la suya. ¿Qué estaba haciendo ahí con él en esa habitación? Y lo más importante, ¿qué estaba haciendo él en esa habitación con Nadeena y con ella? Sintió cierta vergüenza al recordar con demasiada facilidad lo que había sentido al tenerlo besando sus pezones. Era demasiado sencillo recordar el placer que la había convertido en una especie de cachorrito a expensas de su amo.

Cuando siguió vacilando y Nadeena empezó a inquietarse, Nadir se giró y caminó hacia los ventanales con vistas a un frondoso parque que, probablemente, también le pertenecería a él. Ella rápidamente se subió la camiseta y Nadeena comenzó a mamar.

–¿Cuándo ibas a contarme que había sido padre, Imogen? –su pregunta, que parecía contener odio, sonó juiciosa e Imogen se sintió como si le hubiera echado por encima una manta de hielo.

No lo miró. No podía porque, de pronto, se sintió terriblemente culpable por no haber tenido nunca la intención de contárselo. Y sobre esa culpabilidad había rabia, porque era él el que se había marchado al enterarse de que estaba embarazada. Era él el que le había dejado claro que no quería tener un bebé en su vida cuando ella se lo había contado con gran euforia. Después, su mundo se había venido abajo.

–¿Nunca? ¿Es esa la palabra que ahora mismo tienes atascada en la garganta, *habibi*?

–No me llames así –le contestó ella con brusquedad.

–Es mejor que lo que me gustaría llamarte, créeme.

Imogen nunca había visto a Nadir tan furioso y le hacía parecer impresionante. Orgulloso y muy poderoso. Odiaba que le siguiera resultando tan atractivo.

–¿Cómo te atreves a presentarte aquí como la parte ofendida? –era ella la que había tenido unas náuseas horribles durante el embarazo, era ella la que había estado sola en el paritorio cuando Nadeena había llegado al mundo. Era ella la que había batallado día a día con las exigencias de ser madre. Y no le había pedido nada a él. Absolutamente nada–. Me las he apañado muy bien sola desde que saliste de mi vida. He sobrevivido muy bien yo sola y he logrado una vida saludable para Nadeena y para mí. Es feliz y...

–¿Nadeena?

Imogen cerró los ojos y su ánimo se vino abajo cuando él repitió el nombre de la niña. Su tono irreverente le hizo recordar lo sola que se había sentido cuando Nadir se había alejado de ella. Sí, por supuesto que se había sentido sola antes, pero con Nadir había podido probar el paraíso y, cuando menos preparada había estado, se lo habían arrebatado.

Unos poderosos recuerdos se reavivaron y no pudo mirarlo.

–¿Por qué estoy aquí, Nadir?

Él no dijo nada y su mirada se volvió atribulada cuando sus ojos se toparon. Se apoyó en la mesa de cerezo y miró de soslayo a Nadeena.

–¿Por qué no hay ningún certificado público de su nacimiento?

Perpleja ante el tono de su voz y la inesperada pregunta, Imogen frunció el ceño.

–Lo hay.

–¿Bajo qué nombre? –preguntó él afilando la mirada.

Imogen lo miró. En el momento del nacimiento de Nadeena, ella solo había puesto su nombre en el certificado. No había sabido qué poner en el espacio destinado al nombre del padre y una secretaria muy amable le había dicho que no era información esencial y que podría rellenar ese espacio más adelante. De momento ese apartado seguía en blanco porque había estado tan ocupada y cansada aprendiendo a ocuparse de un bebé que ni siquiera había pensado en añadir el nombre de Nadir.

–El mío.

–Imogen Reid.

–Benson.

Hubo una brevísima pausa antes de que él gritara:

–¡Me diste un nombre falso!

–No. Bueno, no intencionadamente. «Reid» era el apellido de soltera de mi madre y... –tragó saliva odiándose por darle explicaciones, pero sintiéndose obligada a hacerlo ante la furia que veía en sus ojos–. No fue deliberado. Las chicas me sugirieron que usara un nombre artístico porque a veces tenían problemas con los clientes y tú solo me preguntaste el nombre en una ocasión. Al principio.

Él se pasó una mano por el pelo con brusquedad y caminó por la habitación como una fiera enjaulada.

–¿Y tu número de móvil?

–¿Qué pasa con él?

–Lo cambiaste.

–Lo perdí... bueno, me lo robaron mi primer día en Londres. Ahora solo uso prepago.

Él maldijo con furia.

–¿De qué va todo esto, Nadir? Si no recuerdo mal, fuiste tú el que se marchó de la ciudad la mañana que te enteraste de que estaba embarazada. ¿Me estás diciendo ahora que intentaste ponerte en contacto conmigo? –intentó calmarse al preguntarse si tal vez habría estado preocupado por ella después de todo, pero una voz más escéptica le recordó el horrible mensaje que él le había enviado; aun así, una esperanza enterrada en lo más hondo intentaba salir a la superficie.

–Tuve una emergencia en Nueva York y, para cuando volví a París, habías desaparecido como si no hubieras existido nunca.

–No desaparecí. Me marché.

–Sin dejar rastro. Nadie tenía la menor idea de adónde habías ido.

Y eso se debía, básicamente, a que la única persona que lo sabía había sido Caro, la hermana de Minh, y se había marchado de viaje también en aquel momento.

–Tampoco le diste a tu jefe ninguna dirección ni e-mail.

–¿Ah, no? –preguntó algo asombrada–. No pensaba con claridad en aquel momento –y ya que su sueldo iba directamente a su cuenta bancaria, ni siquiera se dio cuenta–. Me sorprende que no comprobaras mis cuentas.

Pero la mirada de Nadir le dijo que sí que lo había hecho.

–Los nombres falsos suelen dificultar esa clase de búsqueda.

–Ya te he dicho que no lo hice a propósito –respiró hondo e intentó bloquear sus emociones para poder pensar racionalmente–. De todos modos, ¿para qué me buscabas?

–Porque antes de salir huyendo estabas supuestamente embarazada de mí.

–Yo no salí huyendo. ¿Por qué iba a hacerlo cuando me dejaste totalmente claro que no querías tener nada que ver conmigo?

–Te envié un mensaje desde Nueva York.

Ella frunció la boca con desagrado. Ese horrible mensaje aún seguía grabado en su mente.

–Oh, por favor, no hablemos de ese precioso mensaje.

–Ni de tu respuesta al decirme que te habías ocupado de todo.

Imogen se echó la coleta por encima del hombro con cuidado de no despertar a Nadeena, que se había vuelto a quedar dormida.

−Y me ocupé de todo −dijo con voz suave y rodeando a la niña con sus brazos.

−Sí, pero no del modo que había creído.

¿O «esperado»? Así que esa era la razón por la que la había buscado, para asegurarse de que había hecho lo que él había esperado. Imogen sintió cómo esa pequeña chispa de esperanza que había albergado se esfumó, y se sintió furiosa consigo misma por haber sucumbido en un primer momento y haber creído que se había equivocado al pensar mal de Nadir. ¿Es que no había escarmentado después de cómo la había tratado en el pasado?

Las palabras de advertencia de Caro volvieron a resonar en su cabeza. «Ten cuidado, Imogen. Cualquier hombre que se marcha así, sin decir ni una palabra, y te acusa de haberte acostado con otros insistirá en que abortes si vuelve». En aquel momento Imogen había pensado que su amiga estaba exagerando, pero ahora sabía que no había sido así. De pronto sintió náuseas.

−Y ahora tendrás que enfrentarte a las consecuencias −le dijo mirándola como si ella fuera la culpable de todas las desgracias del mundo.

Capítulo 4

IMOGEN se mantuvo callada y se centró en su hija para no pensar en la náusea que se le arremolinaba en la boca del estómago.

Sinceramente, nunca se había esperado volver a ver a Nadir y deseaba no haberlo hecho. Pero al menos Nadir había puesto fin a esas estúpidas fantasías infantiles en las que él aparecía un día a lomos de un gran caballo blanco y le ofrecía su amor eterno.

Probablemente había escuchado demasiadas canciones de amor y había visto demasiado la tele mientras había estado tumbada sin poder moverse en el sofá de Minh. Pero al menos todo ese tiempo no había sido un absoluto desperdicio. Lo había empleado para planear el futuro de su bebé y había decidido seguir su mayor sueño y convertirse en profesora de danza. Incluso había hecho un breve curso de negocios por Internet. Tenía la ilusión de que, cuando ganara suficiente dinero, Nadeena y ella se mudarían a un pueblo no muy grande donde abriría un estudio. Nadeena iría allí corriendo después del colegio y, si le apetecía, podría bailar. Si no, se sentaría a hacer los deberes o a leer. Después se irían a casa juntas y charlarían mientras ella preparaba la cena y por la noche... por la noche... no se había parado a pensar en las noches. Su imaginación solo había llegado a verlas a su hija y a ella unidas como una piña. Felices y contentas. Y cuando Nadeena le preguntara por su padre, como seguramente pasaría algún día, no sabía todavía qué le diría. No quería mentirle, pero tampoco quería que supiera que su padre nunca la había querido. Miró a Nadir, que estaba de pie junto a la ventana, con su amplia espalda hacia ella como si no pudiera soportar mirarla. Aunque eso no le importaba mucho, porque ella tampoco podía soportar mirarlo a él.

Con cuidado de no despertar a Nadeena, se levantó del sofá con ella en brazos. Al oírla, Nadir se dio la vuelta y ella, apresuradamente, se colocó la camiseta.

–¿Adónde crees que vas?

Imogen alzó la barbilla ante su hosco tono.

–A casa.

–¿Con ese idiota con el que ibas antes?

Tardó un instante en darse cuenta de que se estaba refiriendo a Minh, pero no tenía ganas de enzarzarse en otra discusión con él y, aunque no tenía ninguna lógica, algo le decía que si respondía a esa pregunta con sinceridad, él jamás la dejaría marcharse.

–No tienes ningún derecho a preguntarme eso, pero tengo curiosidad sobre por qué me has traído aquí. Me parece una pérdida de tiempo para los dos.

Él la miró y siguió hablando como si ella no hubiera dicho nada.

–¿Es tu novio?

–Tú responde a mis preguntas y luego yo responderé a las tuyas.

–Lo siento –la voz de Nadir, su porte, habían adoptado una actitud depredadora–. ¿Es que creías que estabas en posición de negociar conmigo?

–Lo que creía –dijo dejando a su hija sobre el sofá y colocando unos cojines a su alrededor– era que no te interesaba nada que tuviera que ver ni conmigo, ni con lo que hago, ni con dónde vivo.

—Eres la madre de mi hija —le contestó como si con eso lo respondiera todo.

—Ya hemos dejado claro que eso no te importa.

—Sí que me importa.

Imogen arrugó los labios. Lo que quería decir era que le importaba cuánto dinero le iba a intentar sacar.

—Ya lo capto. Y aunque creo que es increíblemente egoísta por tu parte no querer mantener a una niña de tu propia sangre, te quedarás muy aliviado al saber que no quiero nada de ti, ni ahora ni nunca.

—¿Cómo dices?

—Y que tampoco espero que quieras verla. Por mí perfecto.

Él comenzó a reírse.

—No sé qué puede ser tan gracioso. No creo que abandonar a tu propia hija sea algo por lo que reírse, pero a lo mejor solo me lo parece a mí.

—La diferencia es que yo no la abandoné. Tú te la llevaste.

—¿Vamos a volver con eso?

—¿Acaso lo hemos dejado en algún momento?

—Quiero irme a casa, Nadir.

—Eso no es posible —le dijo enérgicamente—. Yo ya debería haber salido hacia Bakaan hoy.

¿Su patria?

—Pues no dejes que yo te lo impida.

Él esbozó una media sonrisa.

—No pienso hacerlo. Pero por desgracia nos hemos quedado sin tiempo para ir a recoger cosas que puedas necesitar de tu casa. Si me escribes una lista, me aseguraré de que lo tengas todo a mano cuando lleguemos. Estaremos allí un día como mucho.

Imogen estaba atónita.

—¿Estaremos?

–Eso es lo que he dicho.

–Debes de estar loco.

Él se sacó el móvil del bolsillo y comenzó a marcar un número como si no hubiera oído nada.

–Nadir, ¿qué estás haciendo?

–Reclamando lo que me pertenece.

Imogen esperó un instante antes de responder y, al ver a Nadir mirándola con la confianza de un hombre acostumbrado a salirse siempre con la suya, se sintió mareada.

–¡No soy tuya y nunca lo he sido!

Él enarcó una ceja.

–Me refería a Nadeena.

Avergonzada, Imogen se echó al hombro la bolsa de la niña.

–¿Es que no me has oído? No quiero nada de ti.

–Sí te he oído.

–Me marcho.

Antes de poder recoger a Nadeena del sofá, Nadir soltó el teléfono y le quitó la bolsa del hombro a la vez que la giraba para mirarlo.

–Me has robado los primeros cinco meses de la vida de mi hija –su voz parecía endurecerse con cada palabra–. ¡No vas a robarme nada más!

A Imogen le empezaron a temblar las rodillas y la sensación de temor que había tenido antes regresó con fuerza.

–No he robado nada. ¿Y cómo sabes que es tuya?

–Tiene mis ojos.

–Mucha gente tiene los ojos de color azul plateado. Son de lo más común.

–Le has puesto un nombre árabe.

–Tuve una tía abuela que se llamaba Nadeena.

–Y estás demostrando que eres una mentirosa pésima.

–¡No entiendo nada! –alzó los brazos–. Ni siquiera quieres tener hijos. ¿Por qué ibas a querer que nos fuéramos contigo?

Él se movió y ella no pudo evitar fijarse en sus fuertes piernas y su esbelto torso. ¿Por qué tenía que ser tan terriblemente viril?

–¿Eso cómo lo sabes?

–¿Es que quieres tener hijos? –le preguntó con frialdad.

–Diría que ahora mismo eso es irrelevante, ¿no?

–No. Yo diría que es muy relevante teniendo en cuenta el modo en que te estás comportando.

–A veces, Imogen, la vida te pilla desprevenido, pero no necesito una prueba de ADN para confirmar que tengo una hija.

La frustración hizo que la voz de Imogen sonara más aguda de lo habitual.

–¡Por supuesto que necesitas una prueba de ADN! ¿Pero qué locura es esta? Ningún hombre rico en su sano juicio reconocería a un hijo sin una prueba de paternidad.

–Siempre fuiste muy distinta a las demás, *habibi* –su voz, tan delicada y profunda, despertó recuerdos en su aturdido cerebro–. Pero no tienes por qué preocuparte. Voy a cumplir con mi deber.

¿Su deber?

Una profunda sensación de terror le llenó el corazón. ¿Era eso a lo que se refería al decir que la reclamaría? No quería saberlo. Ahora mismo no.

–No necesito que hagas lo correcto por Nadeena –llevaba mucho tiempo cuidándose sola y también podía cuidar sola de su hija.

Nadir se pasó la mano por el pelo con impaciencia.

–De todos modos lo haré, y ahora deja de discutir y

dame una lista de las cosas que necesitarás para nuestro viaje a Bakaan.

En aquel momento Imogen se sentía como si estuviera intentando sobrevivir a un fiero temporal que la arrastraba hacia el borde de un altísimo acantilado.

–No te permitiré que me quites a mi bebé, Nadir –odió que su voz sonara con miedo–. Si es que ese es tu plan –antes ni siquiera se lo había planteado, pero ahora no podía sacárselo de la cabeza.

–Si quisiera hacerlo no podrías detenerme.

–Podría. Yo... –el pánico se quedó atascado en su garganta–. Yo...

–Pero no quiero eso –hizo un gesto de impaciencia con las manos–. No soy tan cruel como para no darme cuenta de que un bebé necesita a su madre. Por eso lo que quiero es casarme contigo.

¡Casarse con ella!

Imogen sacudió la cabeza intentando contener un arrebato de histeria. Necesitaba tiempo para asimilar todo lo que estaba pasando y no podía hacerlo porque su mente no sabía cómo actuar.

–Respira, Imogen –Nadir fue a ponerle las manos sobre los hombros, pero ella se apartó bruscamente.

–Estás loco si piensas que me casaría contigo después de cómo me trataste.

Nadir apretó los labios y se acercó más a ella.

–Te puedo asegurar que no lo estoy. He tenido mucho tiempo para revisar mis opciones mientras estabas escondiéndote y esto no es negociable.

Imogen intentó calmar el temblor que invadía su cuerpo.

–No me estaba escondiendo.

–Eso ahora es irrelevante.

Ella se rio. ¿Qué otra cosa podía hacer?

–No puedes volver a mi vida sin más y pensar que puedes hacer lo que quieras –su padre se había comportado así, yendo y viniendo según le placía sin preocuparse lo más mínimo ni por ella ni por su madre. ¡De ninguna manera iba a permitir que su hija y ella terminaran junto a un hombre cortado por el mismo patrón!–. Lucharé contra ti.

–¿Con qué?

No se había dado cuenta de que tenía los puños apretados hasta que Nadir le había lanzado una mirada burlona. Él le levantó las manos y las cubrió con las suyas.

–¿Con esto? He de confesar que, por muy agresiva que eras en la cama, no te hacía una persona violenta.

Ella tampoco lo había creído hasta ahora.

–¡Nadir, tuvimos una aventura! –gritó–. Solo fue sexo un... un... un par de veces.

Él resistió sus flojos intentos de liberarse y la arrastró hacia sí.

–A ver... Cuatro fines de semana, unas tres veces al día, y más todavía por la noche –bajó la mirada hasta su boca y se quedó ahí unos instantes antes de volver a mirarla a los ojos–. No hay que ser Einstein para saber que fueron más que un par de veces, *habibi*. Y fue un sexo muy bueno, por cierto.

Su tono de voz y sus palabras parecieron conspirar para encender una hoguera en su interior.

–¡No significó nada! –gritó aún intentando liberarse, deseando no tenerlo tan cerca. No parecía poder centrarse en sus pensamientos cuando se vio envuelta por su masculino perfume; las sensibles cúspides de sus pechos se alzaron contra el encaje del sujetador y esa profunda sensación entre sus muslos le recordó cómo había sido estar con él en el pasado.

–¿Nada? ¿Nada, Imogen? Yo no lo creo.

–Buscaré un abogado –le dijo con la voz entrecortada y tirando con fuerza de las manos que ahora estaban atrapadas contra su duro torso.

Él se rio.

–Por lo que sé de tu situación económica, no te puedes permitir ni una niñera decente.

–¡Bastardo!

–¿Y qué tribunal se va a poner de parte de una madre que le ocultó al padre la existencia de su hija? ¿Una madre que deja al bebé con unos amigos mientras se va a trabajar?

–Muchas madres hacen eso.

–Sí, pero no muchas madres tienen un hijo de sangre real. Nadeena es princesa de Bakaan.

–Yo no la veo así.

–Ya.

–¡No! –exclamó ante su tono cínico–. Para mí no es más que un bebé inocente, no una mercancía. Y ningún tribunal del mundo se pondría de parte de un padre que piense así.

–No eres tan ingenua.

–Nadir, para, te lo suplico.

–¿Sí?

Ella se sonrojó recordando la última vez que le había dirigido esas palabras, recordando la sensación de verse indefensa a su lado, de tener a Nadir sujetándole las manos sobre la cabeza mientras le había separado los muslos con las rodillas, la sensación de su sedosa dureza en el primer momento que se había adentrado en su cuerpo, una sensación de suavidad dando paso a toda esa fuerza masculina en un momento de inexorable placer.

De pronto sintió vergüenza. Intentó apartarse de él, pero el movimiento hizo que notara la presión de su erección contra su vientre.

¡Erección!

Lo miró a los ojos.

—No.

Él soltó una carcajada.

—Oh, sí, Imogen, aún me excitas. A pesar de tu traición.

Agachó la cabeza y ella lo apartó. No lo deseaba, ya no. La había acusado de acostarse con otros mientras estaba con él, algo que probablemente había hecho él con otras mujeres, y la había abandonado dejándola destrozada. No lo deseaba. ¡No podía!

Pero sí que lo deseaba, y eso no le importó a su dolido corazón cuando los labios de Nadir rozaron los suyos en un intenso beso que hizo que el tiempo que habían estado separados quedara reducido a la nada. Aun así, intentó resistirse, cerrando los labios formando una fina línea que, al final, no supuso defensa alguna. Y cuando él se aprovechó de su momento de confusión y hundió la lengua en su boca, Imogen estuvo perdida. Nadir sabía demasiado bien y había pasado demasiado tiempo. Demasiado tiempo desde la última vez que había sentido los labios de un hombre. Sus labios.

De pronto ya no estaba apartándolo, sino acercándolo a sí. Posó las manos sobre los duros músculos de su pecho y lo rodeó por el cuello mientras su boca se movía sobre la de él pidiendo más. Y él respondió, con ganas. Con impaciencia, hundiendo la lengua en su boca y bebiendo toda su esencia.

Nadir llevó una mano hasta su mandíbula y la sujetó. Un grave gemido, más parecido al aullido de un lobo hambriento, salió de su garganta cuando movió la boca para devorar sus labios como si la deseara tanto como ella lo deseaba a él.

En ese momento no importó nada más. La habitación desapareció. El mundo desapareció. Solo estaban los dos, como había pasado siempre que habían estado juntos. Era magia.

–Nadir –susurró ella temblando contra él cuando sus fuertes dedos trazaron la línea de su espalda y acariciaron su cintura antes de posarse en sus nalgas y llevarla más cerca. Insoportablemente cerca. Imogen gimió y puso las manos sobre su cabello para agarrarse mientras levantaba una pierna y la posaba sobre su esbelta cadera.

Y entonces, de pronto, él había retrocedido alargando la mano para sujetarla cuando ella se tambaleó al no tener ya el apoyo de su cuerpo.

–Y parece que yo todavía también te excito a ti, *habibi*.

¿Qué?

Aturdida, lo miró y sus condescendientes palabras la abofetearon. Se quedó totalmente horrorizada con su comportamiento. ¿Solo la había besado para demostrar eso? ¿Para demostrar lo débil que era cuando estaba cerca de él? ¿Para demostrar cuánto poder aún ejercía sobre ella? Su rostro se encendió y se sintió tan furiosa que quiso golpearlo, pero al darse cuenta de lo cerca que estaba de darle un puñetazo a alguien por primera vez en su vida, bajó el puño.

–No vuelvas a tocarme –¿estaba hiperventilando? Se llevó una mano al pecho. Sí que parecía que estuviera hiperventilando–. Te odio, Nadir. ¡Cuánto te odio!

–No seas estúpida, Imogen –le dijo con brusquedad al sacar el teléfono de nuevo–. Tú no puedes darle a nuestra hija todo lo que necesita y yo quiero que crezca de forma segura.

–Yo también lo quiero, y por eso jamás me casaría contigo.

Viendo cómo se le tensó la espalda, pudo comprobar que a Nadir no le había gustado lo que había oído.

–Ahora en serio –le dijo desesperadamente intentando apelar a su lado más racional–. Tú nunca quisiste a Nadeena.

–Tal vez no planeé tener a Nadeena, pero ahora está aquí y esta es la mejor solución.

El bienestar emocional de Nadeena estaba en peligro e Imogen había jurado hacía mucho tiempo que preferiría ser madre soltera a que a su hija la criara un hombre que no la quisiera. Y menos el autocrático tirano en que se había convertido Nadir. Aunque, por otro lado, tal vez siempre había sido así.

–Esta es la peor solución.

Nadir se acercó el teléfono a la oreja.

–Bjorn, dile a Vince que estaremos en el aeropuerto en una hora.

Cuando colgó, Imogen sintió un gélido pavor.

–¡Maldito egoísta! –bramó–. Ni siquiera has considerado mis necesidades.

–La verdad es que creo que las estaba teniendo muy en cuenta.

–¡Ja! Eres un abusón.

Él le lanzó una dura mirada de advertencia.

–Cuidado, Imogen. No te toleraré algo así.

–¡Como si me importara! Sabes que no puedes hacer esto. Tengo derechos.

Lo miró como si de verdad supiera de lo que hablaba aunque por dentro estaba temblando, pero no dejaría que él lo viera. Había demasiado en juego como para dejarle pensar que tenía la sartén por el mango, para que diera por hecho que era pan comido.

–Lo que tienes –dijo con un tono cuidadosamente modulado y una fría expresión– es a mi hija.

Un discreto golpe en la puerta interrumpió el silencio que siguió a la frase y Nadir se giró.

–¡Ah, Imogen!

Ella lo miró esperando que fuera a decirle que todo había sido una broma.

–Te casarás conmigo.

Fueron unas impactantes palabras de despedida, pensó Imogen mientras se apoyaba contra el brazo del sofá y le lanzaba imaginarias dagas hacia la espalda. Pero ella tendría la última palabra porque jamás se casaría con un hombre al que no amaba.

Capítulo 5

EL AVIÓN despegó y Nadir se preguntó si tendrían que examinarle la cabeza por haberse llevado a Bakaan a Imogen y a Nadeena. Podría haberle encargado a Bjorn o a cualquiera de sus hombres que la vigilara. ¿Y qué era eso que iba a casarse con ella?

No había sido su intención decírselo así, pero esa mujer era capaz de hacerle hacer cosas que jamás había pretendido. Siempre podía.

En París habían sido sus sonrisas las que le habían hecho jugar a ser turista por París o a pasar la tarde leyendo el periódico. ¿Quién habría tenido tiempo para eso? Desde luego, él no. Y el hecho de que hubiera accedido a hacerlo era una espina que aún tenía clavada.

Por aquel entonces se había visto tan sobrepasado por la lujuria que le había permitido a Imogen tener la última palabra, pero eso no lo volvería a hacer. No tenía pensado comportarse como un imbécil. No lo era. Y no iba a dejarse engañar por su fachada de buena chica, por su inocente sexualidad.

No. Ella ya había mandado una vez y no volvería a darle esa oportunidad.

Dio un trago a la botella de agua que le habían dado nada más subir al avión y se fijó en que Imogen no había aceptado la que le habían ofrecido a ella. No le había dicho ni una palabra desde que habían salido de su apartamento, y estaba actuando como una especie de mártir por marcharse con él. ¿Pero por qué iba a serlo? No tenía sentido. ¿Es que seguía jugando con él? ¿Haciéndose la dura para activar su apetito? Tampoco es que eso le hubiera funcionado. Ese beso... se pasó una mano por la cara y tragó más agua. No había tenido intención de besarla y, mucho menos, de acorralarla contra la pared. Y no le gustaba admitir que se había perdido en ese beso. Lo único que le salvaba el orgullo era el hecho de que a ella le había sucedido lo mismo.

¡Qué sabor tan dulce tenía! Tal como había recordado. Incluso ahora su cuerpo palpitaba con un inexplicable deseo de tenerla que resultaba devorador. Eso, el alcance de su deseo, era algo que siempre le había molestado porque desear suponía una debilidad emocional que te llevaba a cometer errores. Lo sabía mejor que nadie y, aun así, quince meses atrás se había dejado atrapar en su red de seda.

De motu propio su mente volvió al domingo en que había descubierto que estaba embarazada, un extraordinario día de verano con cielo azul en París. Al no querer pensar en el viaje que él tenía que hacer de vuelta a Nueva York, se habían ido a pasear por Paname, como los parisinos llaman cariñosamente a la ciudad. Le había mostrado a Imogen algunos de sus lugares preferidos y ella le había llevado a todos los mercadillos. Ahí era donde había descubierto que su plato favorito era la *aubergine provencal* y que coleccionaba postales antiguas y pañuelos. La tarde había terminado con ella vomitando en su lavabo y con un médico anunciando su estado con una alegría que lo había dejado helado.

Sí, de acuerdo, no se había tomado muy bien la noticia. ¿Qué soltero satisfecho con su condición lo habría hecho? Por eso se había marchado a Nueva York y había llamado a su abogado de mil dólares la hora.

–Primero, asegúrate de que el niño es tuyo.

Cuando Nadir le había dicho que sería una espera de nueve meses, su abogado había sacudido la cabeza.

–En realidad no. La medicina moderna ha avanzado mucho y hay una prueba. Se llama amnio no sé qué. Hace unos meses tuve que solicitarla para un cliente. ¡Qué alivio cuando los resultados le dieron negativo! La mujer se había estado acostando con varios e intentaba colarle el hijo de otro.

Pedirle a Imogen que se hiciera la prueba había tenido sentido en el momento y por eso le había enviado un mensaje solicitándolo. Algo, para él, perfectamente razonable. Lo que no había sido razonable había sido volver a París y encontrarse con que Imogen había desaparecido sin dejar rastro.

Un sueño que había estado teniendo en los últimos catorce meses se coló en su cabeza; un sueño sobre un bebé con los ojos verde esmeralda y pestañas marrones. Después el bebé se convertía en mujer y ahí era donde se despertaba. Normalmente sudando. Normalmente maldiciendo.

Pensó en lo que había dicho Imogen sobre que no había salido huyendo de él y en el apellido distinto. ¿Lo estaba tomando por tonto? ¿Y qué pasaba con ese idiota que había intentado defenderla, el que se había marchado obedeciendo como un perrito cuando ella se lo había dicho?

Ver a Imogen agarrada de su brazo y con esa dulce sonrisa que podía hacer derrumbar a un ejército de soldados hizo que se le revolvieran las tripas.

Vivía con él. Lo sabía, y pensarlo hacía que el agua se volviera amarga en su boca. Había estado a punto de tumbar a ese tipo cuando había intentado apartarla. ¡Como si hubiera podido hacerlo! En cierto modo sabía que su reacción no era lógica, pero la lógica nunca había sido su fiel amiga cuando Imogen estaba cerca.

Miró atrás cuando ella se rio por algo que había hecho Nadeena. Siempre había adorado su risa. Una risa profunda que reflejaba la pasión contenida de su personalidad. Se había reído mucho cuando habían estado juntos. Se había reído y había bromeado con él como nunca nadie lo había hecho. Y lo había hecho con naturalidad, algo que para él era muy sexy. Tan sexy como la veía ahora con esos vaqueros desgastados y una sencilla camiseta de algodón. Tan sexy como la había encontrado...

¿Simplemente respirando?, le preguntó una burlona voz dentro de su cabeza.

No, respondió Nadir en silencio.

¿Y por qué estaba pensando todo eso? Darle vueltas a cosas que no podía cambiar no facilitaría la situación. No importaba que nunca hubiera conocido a una mujer que lo afectara tan fuertemente como Imogen. No importaba que lo enfureciera, lo frustrara o lo excitara tanto, ni tampoco que lo hiciera sentirse culpable. Lo que importaba era que se casaran y que sacaran lo mejor de la situación.

Lo que importaba era que era padre.

Solo pensarlo lo aturdía, pero sabía que era cierto. Lo había sabido en cuanto la niña lo había mirado con los ojos de su hermana gemela. Sus ojos también. E Imogen le había puesto un nombre árabe como si se hubiera sentido culpable por saber que nunca iba a contarle nada sobre su hija. Una rabia renovada le recorrió el cuerpo y recordó que lo había llamado «abusón». ¿Es que esperaba que renunciara a su hija sin luchar por ella? Tanto si le gustaba como si no, tenía cientos de opciones bajo la manga y no le importaba lo más mínimo cómo se sintiera porque él lo que quería era a su hija.

Había querido a Nadeena con todas sus fuerzas desde el momento en que la había visto con sus regordetas manos sobre el suave pecho de Imogen y sus ojos abiertos como platos mirándolo como si intentara saberlo todo de él, como si estuviera mirando directamente a su alma. Con una sola mirada... lo había derribado.

Le había pasado lo mismo la primera vez que había visto a Imogen y había sentido que su vida no volvería a ser igual.

¿Pero en qué estaba pensando? Su vida no había cambiado después de haber conocido a Imogen. Simplemente habían tenido una aventura.

No, su vida había cambiado cuando ella se había quedado embarazada de su bebé. Y ahora la de ella iba a cambiar, y no tenía duda de que lo aceptaría una vez viera todo lo que él le podía ofrecer. Casi se rio. ¡Como si Imogen ya no hubiera pensado en eso!

Pero no importaba, podía soportar que ella solo lo quisiera por su dinero. Sería un pequeño precio que pagar a cambio de saber que su hija estaría bien y a salvo.

Le hizo una señal a la azafata para que los atendiera.

—Sí, señor.

—Café, por favor y... —miró a Imogen— comida para la señorita Reid... eh Benson. No la he visto comer nada.

—La señorita Benson ha dicho que no tiene hambre, señor.

Nadir se fijó en la delgada silueta del que una vez había sido un curvilíneo cuerpo.

—Dele algo, que el chef le prepare *aubergine provencal*.

–Lo siento, señor. ¿Qué es eso?

–Una tortilla entonces. Algo. Lo que sea, con tal de que sea vegetariano.

–Por supuesto, señor.

Abrió su portátil, decidido a centrarse en el trabajo durante el resto del viaje. Una vez renunciara al trono al día siguiente y se casara con Imogen, su vida podría volver a ser normal. O todo lo normal que podría ser con una esposa y una hija y, ¿por qué eso ya no le agobiaba tanto como lo había hecho catorce meses atrás?

¿Matrimonio?

La palabra martilleaba la cabeza de Imogen por milésima vez como un gigantesco yunque y esperaba que Nadir entrara en razón inmediatamente y viera lo ridícula que era esa idea.

Había otras opciones, y ella había buscado algunas por el móvil mientras esperaban a que despegara el avión. No quería una custodia compartida y estaba segura de que, una vez se calmara y pensara con claridad, él tampoco la querría. ¿Qué mujeriego rico querría algo así? Y menos aún una vez descubriera lo perjudicial que sería un hijo para su estilo de vida de soltero. Estaba decidida a hacérselo ver porque, aunque ella no lo veía así, sabía que una vez la realidad de la paternidad recayera sobre Nadir, él jamás se tomaría en serio sus responsabilidades. No con su reputación de ligón en serie. No, él no era una persona fiel y ella había hablado muy en serio cuando le había dicho que no se casaría.

Y Nadir no podía forzarla. Nadie podía hacerlo hoy en día. Lo peor que podía hacer era llevarla ante los tribunales y luchar por la custodia de Nadeena. Y eso era... Tragó con dificultad y miró al otro lado del pasillo, donde él estaba inmerso en el trabajo. ¿Podía ganar? ¿Un tribunal creería eso de que había huido llevándose a Nadeena?

Pero ella no había huido, simplemente había reaccionado para ocuparse de su vida; ocuparse de su vida sola porque él no había querido formar parte de ella. O, al menos, eso era lo que había deducido de su mordaz mensaje.

Aún recordaba avergonzada el estallido de felicidad que había sentido al ver el aviso del mensaje. Se había quedado sentada unos cinco minutos antes de abrirlo y, durante ese rato, su corazón había construido un cuento de hadas sobre lo que diría. Había imaginado que el mensaje confirmaría que había meditado las cosas y que la había echado de menos, que la quería en su vida, que quería a su bebé. En realidad, el sensiblero órgano de su cuerpo había imaginado de todo menos lo que había escrito en realidad.

Imogen, hay una prueba de ADN que se puede realizar durante el embarazo. Te he concertado una cita con un especialista. Si el niño es mío, estaré en contacto.

Devastada por su crueldad, e influenciada por las nefastas advertencias de Caro, se había marchado porque, ¿qué alternativa había tenido? ¿Responder al mensaje y suplicarle? «¿Seguro que no quieres a nuestro bebé? ¿Seguro que no me quieres?». Algo de orgullo sí que tenía, por lo menos.

Un delicioso olor llegó hasta la cabina y le rugió el estómago cuando una azafata se detuvo a su lado.

—El chef le ha preparado una tortilla, señorita Benson. Es vegetariana.

–Ah –¿cómo había sabido el chef que era vegetariana?–. Lo siento. Yo no he pedido esto.

–El príncipe Nadir lo ha pedido para usted.

Imogen miró al hombre en el que estaba intentando
pensar racionalmente. Objetivamente. Lo cual era casi
imposible dadas sus impactantes exigencias y ese beso...

Sintió un ardiente rubor en las mejillas. Ese beso había destruido su equilibrio, al igual que lo había hecho
su propia reacción. Dada la odiosa actitud de Nadir, le
habría gustado haberse quedado fría cuando él la había
tocado. Le habría gustado poder decir que ya había superado lo que sentía por él y que no se había inmutado
lo más mínimo. Aunque por gustar, también le habría
gustado poder decir que en el mundo no había ni po-
breza ni guerras horribles.

Suspiró y se frotó la nuca. No tenía sentido que él aún
tuviera el poder de hacer que el corazón le diera brincos
con solo mirarla y que su cuerpo palpitara buscando más
caricias. ¿Cómo podía un hombre que era un auténtico
desconocido y que ignoraba por completo sus deseos y
necesidades seguir afectándola tan intensamente?

No debería tener ese poder. Esa era la respuesta lógica. En París, sí. Por aquel entonces su madre acababa
de morir, su padre, siempre ausente, se había vuelto a
casar solo un mes después y ella había estado buscando
un cambio, una aventura y algo de emoción. Había estado buscando pasión.

A lo mejor tenía que tener cuidado con lo que deseaba. Porque lo había conseguido, ¿no? La aventura,
la pasión. Las había obtenido en la forma de un hombre
que había despertado un gran deseo en ella; un hombre
que le había dado una hija. La hija que tanto amaba.
Pero a ese hombre no podía resistirse; no, cuando la besaba. No, cuando la tocaba.

Así que la próxima vez tendría que estar preparada y asegurarse de no acercarse tanto. Y tal vez él no intentaría volver a tocarla porque, aunque había estado tan excitado como ella, en el fondo no había querido desearla tanto.

Tenía que confiar en que incluso ahora Nadir estaría reconsiderando su indignante proposición, que ahora mismo estaría pensando en un modo elegante de echarse atrás.

Y si no... bueno, en ese caso Imogen tenía un plan. Se sentaría con él a tomar una taza de té y le transmitiría toda la información que había descargado de Internet con calma y de un modo racional. Del modo más amable posible le diría que, si sus actos estaban motivados por un sentimiento de culpa, ella no lo necesitaba en su vida y, ni mucho menos, quería atraparlo.

Sonrió. Esa palabra debería aterrarle. Ningún hombre quería sentirse atrapado, ¿verdad?

–¿Señora? ¿Quiere la tortilla?

Sí, sí, sí que la quería. Lo que no quería era tener nada que ver con el hombre que la había pedido. Pero como eso no era culpa de la azafata, Imogen se limitó a sonreírle.

–Sí, gracias.

Mantuvo un pensamiento optimista hasta que aterrizaron y se vio en un diminuto aeropuerto. Por la razón que fuera se había pensado que Bakaan sería como Dubái o, más bien, como las fotos que había visto de Dubái. Pero no lo era. Aun así, a juzgar por las pocas personas que se movían por allí con trajes tradicionales y por el cálido aire seco que olía a vainilla y especias, le pareció que había entrado en un reino antiguo lleno de misterios y promesas. Tal como había sido la primera impresión que se había llevado de Nadir.

La recorrió un escalofrío mientras el coche atravesaba la oscura ciudad y subía por una pendiente que conducía a un impresionante y bien iluminado palacio asentado sobre la vieja ciudad como un espejismo dorado. Por mucho que odiara admitirlo, se sentía un poco inquieta y muy intimidada por la verdadera sensación de ser ella la que estaba atrapada en lugar de Nadir.

–Mi señor, qué agradable volver a verlo.

Al lado de Nadir, Imogen vio a un menudo sirviente de cabello blanco ataviado con una túnica blanca arrodillándose sobre los abrillantados escalones de piedra del palacio. Su sombrío tono de voz no hizo más que inquietarla todavía más.

–Staph... –Nadir levantó al hombre del suelo–. El otro día te dije que no hicieras eso.

¿Es que había estado ahí recientemente?

El sirviente frunció la boca, pero su tono solemne no abandonó su voz.

–Nos alegramos de su regreso, mi señor.

–Ojalá me alegrara yo –pasó a hablar en árabe y el anciano le hizo una reverencia a Imogen y le sonrió. Ella sonrió vacilante preguntándose qué le habría dicho Nadir.

–Mi señor, señora Imogen, princesa Nadeena.

Impactada ante la etiqueta que le habían dado, Imogen sacudió la cabeza.

–No soy su señora –le corrigió con un tono de voz más afilado del que había pretendido. ¿Es que Nadir le había dicho que lo era?

El hombre volvió a arrodillarse y comenzó a hablar efusivamente en árabe aunque sin sonreír esta vez.

Confundida, Imogen le lanzó a Nadir una mirada de indefensión y él suspiró.

–Staph no pretendía ser descortés contigo, Imogen.

La palabra no significa lo mismo en nuestro país que en Occidente.

–Ah, vale... Por favor, dile que se levante. El suelo debe de estar muy duro para sus rodillas.

Se sentía fatal y sonrió con delicadeza al hombre para mostrarle que no había pretendido herir sus sentimientos.

–Lo siento, yo...

–No pasa nada, Imogen.

El rostro de Nadir se suavizó cuando sus ojos se posaron en su hija, medio dormida en brazos de su madre.

–¿Quieres que la sostenga yo?

–¡No! –Nadir se había ofrecido a hacerlo mientras subían al avión, pero ella no había estado preparada para dejarle. Seguía sin estarlo, aunque negárselo le hacía sentirse totalmente egoísta. Había demasiados asuntos sin resolver entre los dos–. No. Ya la llevo yo.

Él estrechó la mirada, pero no insistió y ella lo agradeció.

–Pues entonces vamos. Te llevaré a nuestra suite.

¿Nuestra?

Corrió tras él.

–¡Espero que tengas claro que no voy a acostarme contigo!

Nadir se giró en los escalones y el sirviente le lanzó a Imogen una mirada de preocupación.

Sacudiendo la cabeza, Nadir bajó la voz para que no lo oyeran.

–Bakaan es un país conservador, Imogen, y Staph entiende un poco de inglés. Por favor, mantén en privado nuestras discusiones.

–Solo quiero que sepas que no voy a acostarme en la misma cama, por si necesitas preparar otra habitación para nosotras –le susurró.

–Hay muchas habitaciones en la suite que vamos a ocupar.

–Vale, de acuerdo –se sonrojó al darse cuenta de que él acababa de confirmarle que tampoco quería dormir con ella–. Al menos en eso estamos de acuerdo.

La mirada que él le lanzó fue una mezcla de exasperación y algo más oscuro que Imogen no supo definir.

–Dudo que estemos de acuerdo en algo, pero la escalera del palacio no es lugar para discutirlo.

Asintiendo en silencio, Imogen lo siguió a través de una amplia puerta que conducía a un atrio con altos techos y paredes cubiertas de delicados mosaicos. Las baldosas de mármol color champán que cubrían los suelos y el elaborado enladrillado parecían tener siglos de antigüedad; las obras de arte y las estatuas registraban una historia maravillosa y oscura al mismo tiempo.

–¿Se ha informado al príncipe Zachim de nuestra llegada?

–Sí, mi señor. ¿Necesitará algo más?

–Esta noche no. Gracias, Staph.

–En ese caso, les deseo buenas noches –su inglés sonó forzado, pero Imogen agradeció el esfuerzo–. Y enhorabuena, mi señora.

En esa ocasión Imogen esperó a que el sirviente se retirara antes de preguntar a Nadir.

–¿Por qué me da la enhorabuena exactamente?

–Por nuestro matrimonio. Esta es tu habitación –abrió una de las puertas y esperó a que ella pasara delante.

–¿Le has dicho que vamos a casarnos después de que te he dicho muy claramente que no vamos a hacerlo?

–No exactamente.

–¿Qué significa «no exactamente»?

–Significa que cree que ya estamos casados.

—Espero que le hayas aclarado esa confusión.

Cuando él suspiró, Imogen supo que no lo había hecho.

—Como te he dicho, Bakaan es una nación muy conservadora.

—Le has mentido. Por eso me ha hecho una reverencia.

—No le he mentido. Él ha dado por hecho que estábamos casados.

—Y tú has dejado que se lo crea.

Los ojos de Nadir se encendieron con frustración.

—Era mejor que la alternativa.

—¿Qué alternativa? ¿Que soy tu amante y he tenido a tu hija fuera del matrimonio?

—Puede que no te importe cómo la gente vea a Nadeena en el futuro, pero a mí sí.

—Por supuesto que me importa. Estás retorciendo mis palabras a tu conveniencia, pero en cuanto vuelva a ver a ese hombre le corregiré.

—No, no lo harás. No permitiré que se difame el nombre de Nadeena solo porque tú no quieras entrar en razón.

—¿Que no quiero entrar en razón?

Nadir se detuvo frente a ella.

—Además, a todos efectos, estamos casados.

—¡Por supuesto que no!

—Firmar un pedazo de papel no lo hará más real, Imogen. Vas a tener que acostumbrarte a esto. De todos modos, podemos hablar de esto más tarde, ¿eh? No es una conversación que debamos tener delante de nuestra hija.

—No lo entiende —contestó Imogen con brusquedad y resoplando porque sabía que él llevaba razón ya que, aunque Nadeena no pudiera entender sus palabras, estaba empapándose de los ánimos tan alterados que flotaban por la habitación y eso no era bueno para ella.

Pasó por delante de Nadir y dejó escapar un grito ahogado al entrar en un dormitorio hermosamente adornado, con altos techos y largos ventanales con forma de cerradura velados por vaporosas cortinas. Una colcha de color rosa intenso cubría la ornamentada cama de matrimonio y los muebles no habrían estado fuera de lugar en un hotel de cinco estrellas. Junto a la cama había una cuna recién vestida.

–He pensado que querrías tener a Nadeena cerca.

No se había esperado que él le mostrara ese grado de consideración.

–Gracias –le dijo algo forzada y frotándose los brazos por el frío–. ¿Siempre hace tanto frío?

–Siempre.

Impactada por la gravedad de su voz, Imogen lo miró. Tenía las manos metidas en los bolsillos y los rasgos de su cara parecían más austeros que de costumbre, tanto que le hicieron pensar que tal vez Nadir no solo se estaba refiriendo a la temperatura.

–Diré que ajusten el termostato. Duerme un poco. Pareces cansada.

Excelente. Así que su aspecto reflejaba exactamente cómo se sentía.

–He encargado ropa y artículos de bebé que deberían estar en el vestidor. Si el servicio ha olvidado algo, dímelo.

–¿Cómo has podido prepararlo tan rápido?

–Bakaan puede parecer un lugar atrasado comparado con el mundo occidental, pero sí que tiene tiendas y, además, Dubái está solo a una hora de avión. Si no tuviéramos algo aquí, podemos encontrarlo allí.

–Parece que has pensado en todo.

–Eso espero.

Con una breve mirada hacia Nadeena, que estaba despierta y mirando a su alrededor con curiosidad, Nadir se marchó y cerró la puerta con suavidad. «Qué civilizado», pensó ella.

–A ver, pequeña, ¿ahora qué?

Tras decidir comprobar lo que había en el vestidor, se quedó impactada al ver todo en lo que Nadir había pensado. Dejó a Nadeena en el suelo y vio cómo la niña gateaba hacia una fila de cajas. Curiosa también, Imogen levantó la tapa de la primera caja y se quedó asombrada al ver un par de exquisitos zapatos de diseño envueltos en papel de seda. Eran de su número y, tras preguntarse cómo lo habría sabido, recordó aquel día en que Nadir la había llevado de compras por París. ¿Aún se acordaría? Probablemente no. Probablemente simplemente lo había supuesto. Después de todo, conocía muy bien a las mujeres.

Sin querer ahondar en ese desagradable asunto, pasó a comprobar la ropa colgada en el perchero. La mayoría era de estilo occidental, con algunos vestidos que parecían tradicionales.

Había más ropa en esas perchas que en todo su armario y se sintió incómoda al pensar por qué él le habría ofrecido tantas cosas. No pensaba ponérselas. Aunque sí que tendría que cambiar a Nadeena y no podría contenerse ante esa delicia de ropa de bebé que le habían comprado. Prendas de un exquisito algodón y de seda, de esas que ella jamás se había podido permitir.

–Todo esto para un día –le dijo a Nadeena–. Está

claro que este hombre nunca se ha tenido que ajustar a un presupuesto realista.

Sintiéndose de pronto agotada, le puso a Nadeena un agradable pijama de algodón y le dio de comer. Después, la tendió en la cuna y se estremeció al ver lo nerviosa que estaba. Tras decidir que sería una pérdida de tiempo intentar dormirla cantando, llamó a Minh.

–Estaba empezando a preocuparme por no saber más de ti después de ese breve mensaje. ¿Cómo estás? ¿Cómo está tu preciosa niña?

–Nadeena está muy bien y yo me siento como si me hubieran dado diez vueltas en una centrifugadora. Quiere verla –añadió suavemente.

Oyó cómo Minh se sentaba en su sofá de piel y deseó poder estar allí con él, compartiendo una agradable copa de vino y viendo una comedia romántica.

–Ya he supuesto que es el padre porque, de lo contrario, no estarías en Bakaan. He de decirte que tiene derecho a verla.

–Lo sé –respondió viendo a Nadeena meterse en la boca la oreja de un osito de peluche y masticar–. Al menos lo sé desde un punto de vista lógico –emocionalmente no estaba preparada a cederle el cuidado de Nadeena a nadie más que a un par de amigos de confianza–. Jamás pensé que pudiera estar interesado en ella.

–Bueno, pues claramente lo está. Y puede que sea positivo.

–No sé cómo puede ser positivo.

–Es un hombre muy poderoso y puede darle todo –su voz bajó de tono al añadir–: Y a ti también.

–No quiero su dinero.

–Lo sé, pero te vendría bien tener a alguien que cuidara de ti.

Ese había sido el error de su madre y no sería también el suyo.

–¿Y qué pasa con el amor? –levantó a Nadeena al verla bostezar y apoyó su cabecita sobre su hombro.

–¿Hablamos de amor hacia Nadeena o hacia ti?

–Hacia Nadeena. Si hubieras visto cómo me miraba hoy... –sintió pesadez dentro de su pecho y le costó pronunciar las palabras–. Créeme, no hay amor entre nosotros –y ella jamás querría el amor de Nadir. Ya había superado ese deseo surrealista hacía mucho tiempo.

–Intenta ver el lado positivo. Puede que no sea tan malo.

Imogen soltó un suspiro. Ver el lado positivo no era exactamente su fuerte. Ella era más de plantearse el peor escenario posible. Era su tabla de salvación porque le impedía cometer errores... y llevarse sorpresas desagradables. Si su madre hubiera prestado atención, tal vez no se habría quedado tan impactada cuando su padre las había abandonado para no volver jamás. Tal vez habría estado más preparada.

–Me abandonó cuando más lo necesitaba –dijo preguntándose por qué eso tenía el poder de seguir haciéndole daño. Lo había superado, ¿no?–. ¿Cómo podría confiarle a Nadeena? ¿O a mí misma?

–Eso es sin duda un punto negativo, pero tienes que pensar en lo que es mejor para Nadeena ahora.

–Yo soy lo mejor para Nadeena. Él no es más que un príncipe mujeriego y vividor que va y viene según le place y que siempre se sale con la suya –Imogen estaba más decidida que nunca a hacerse fuerte y resistirse a él–. No dejaré que Nadeena tenga la infancia que tuve yo y eso es lo único que Nadir le puede ofrecer.

Estuvieron hablando unos minutos más durante los que Minh le prometió que hablaría con su jefe y le diría que faltaría un par de días; después, se centró en dormir a Nadeena.

Su conversación con Minh la había dejado más confundida todavía.

Sabía que ceder a casarse con Nadir terminaría en lágrimas. Sobre todo lágrimas derramadas por Nadeena... y probablemente por ella también. Pero serían lágrimas de frustración ¡nada más!

Capítulo 6

AL FINAL tardó una hora en dormir a Nadeena y, cuando fue a buscar a Nadir, no se esperó encontrarlo descalzo y sin camiseta y con una mujer morena inclinada sobre su regazo.

La imagen la dejó impactada y de pronto un recuerdo lejano de ella misma a los quince años se coló en su mente. Había estado con un grupo de amigas en una excursión del colegio cuando se había encontrado a su padre sumido en un apasionado abrazo con una mujer que no era su madre mientras le devoraba la boca. Imogen se había quedado de piedra. Había sentido náuseas. Las chicas que iban con ella se habían reído y su padre ni siquiera se había mostrado arrepentido. Le había puesto mala cara y le había preguntado por qué no estaba en el colegio. ¡Vaya! Hacía años que no lo recordaba.

La mujer ataviada con una *abaya* blanca se puso derecha e Imogen vio que sostenía una bandeja de plata vacía y que en la mesita junto al sofá había un vaso de whisky. Fue entonces cuando se dio cuenta de que era una sirvienta que, precisamente, en aquel momento estaba saliendo de la habitación. Su mente había sacado una conclusión equivocada. Quizá estaba más cansada de lo que creía...

–Debe de ser Imogen.

Girándose ante el sonido de una profunda voz masculina, Imogen vio a un hombre que guardaba un impactante parecido con Nadir y que estaba junto a los ventanales con forma de herradura. Era alto y resultaba imponente con la tradicional túnica blanca y el turbante a juego.

—Imogen, este es mi hermano Zachim. Zach, Imogen.

Zachim asintió y sus ojos se iluminaron con un brillo dorado bajo la suave luz de la habitación.

—Te recuerdo del salón de baile y es un placer conocerte por fin.

Sintiéndose atrapada por sus emociones contenidas, y no segura de lo que Nadir le habría dicho a su hermano, Imogen no supo cómo actuar. Le parecía poco apropiado desatar toda la rabia y frustración que la atragantaba, pero por otro lado no quería esperar al día siguiente para discutir ciertas cosas con Nadir. Le parecía importante hacerlo ahora.

—Lo siento. No pretendía interrumpir. Si puedes, avísame cuando estés libre.

—Creía que te ibas a dormir.

—¿Por qué? ¿Porque tú lo digas?

—No. Porque tienes pinta de ir a desmayarte de agotamiento.

Imogen miró a Nadir y se sintió incluso peor cuando su hermano se aclaró la voz discretamente para decir:

—Creo que debería dejaros a solas.

—No, por favor. No quería interrumpiros.

—No lo has hecho. Mi hermano está siendo tan obstinado como siempre. Tal vez tú puedas hacerle entrar en razón. A mí no me escucha.

Justo cuando estaba a punto de decir que a ella tampoco la escuchaba, Nadir se levantó del sofá y la dejó sin palabras con esos duros músculos de su abdomen.

–No voy a cambiar de opinión, Zach.

–Es tu derecho de nacimiento.

–No quiero tener nada que ver con Bakaan.

–Nadir, sé que sigues furioso por lo que pasó, pero...

Nadir hizo un gesto con la mano que hizo callar a su hermano.

–Buenas noches, Zach.

–De acuerdo, Nadir. Esta vez tú ganas.

–Aleluya –dijo Nadir sin ningún entusiasmo e Imogen se preguntó qué era eso por lo que seguía furioso.

–Mañana temprano tengo que volar a las montañas –añadió Zachim al girarse para marcharse–, pero estaré de vuelta al mediodía.

–Estaré esperando.

–Encantado de conocerte, Imogen. No estoy seguro de si debería felicitarte por tu matrimonio con mi hermano o darte el pésame –su sonrisa contenía cierta ironía–. Pero estoy deseando conocerte mejor y conocer a mi sobrina mañana durante el almuerzo.

Imogen sonrió.

–Estoy deseándolo.

Zach se giró hacia Nadir como si quisiera decirle algo más, pero Nadir le sonrió diciendo:

–Déjalo, Zach. Eres perfecto para el puesto y lo sabes. Y deja de flirtear con mi prometida.

–¡Nadir!

Zach se rio a carcajadas.

–Puede que no te guste estar de vuelta en Bakaan, hermano, pero a mí me gusta que estés aquí.

Cuando vio a su hermano salir de la habitación, Nadir supo que estaba haciendo lo correcto al cederle el trono. Tenían madres distintas y, por lo tanto, distintas experiencias sobre su padre y su patria. Y no era solo la rabia o los resentimientos los que hacían que no quisiera ser el próximo rey; eran además los dolorosos recuerdos que lo perseguían cada vez que estaba allí. Era el sentimiento de culpa que su hermano jamás entendería porque Nadir nunca le había contado el papel que había desempeñado en las muertes de su madre y su hermana. Un sentimiento de vergüenza e ineptitud. Un sentimiento de vacío.

Si creyera que el pueblo de Bakaan de verdad lo necesitaba, si hubiera pensado que podría aportar algo que Zach no podía ofrecer como gobernante, entonces lo haría. Pero la realidad era que Zach era perfecto para el papel.

–Lo siento si he estropeado tu conversación con tu hermano. No era mi intención.

Miró a Imogen, que seguía en el centro de la habitación, y levantó su vaso de whisky para distraerse de los pensamientos que lo estaban invadiendo. Sabía que existía otro modo de distracción, pero no creía que ella fuera tan manejable. Por desgracia.

–No has estropeado nada. Se marchaba de todos modos.

Ella se mordió el labio y él no pudo apartar la mirada de ese pequeño movimiento.

–¿Estás bien?

Su suave pregunta le hizo tragarse de golpe el ardiente líquido. No, no estaba bien.

–¿Te preocupa mi bienestar, *habibi*? Me conmueves.

La vio tensarse y lamentó haber pagado sus frustraciones con ella. Aunque, ¡qué demonios!, ella tenía parte de culpa. El tema del trono estaría resuelto en cuestión de horas; el tema de pasar el resto de su vida con una esposa y una hija... No quería ponerse a pensar en cuánto tardaría en solucionarlo, y menos, viendo esa mirada desafiante en los ojos de Imogen. Una mirada que aún tenía que entender del todo.

–Pues no te conmuevas tanto. No volverá a pasar.

Él sonrió. Estando en París no se había percatado de que fuera tan rebelde. Por entonces ella siempre se había mostrado encantada de verlo, y eso se había reflejado en toda su cara. Y había sido una actitud contagiosa porque durante aquellos breves fines de semana él también se había sentido feliz. Tal vez ahí había residido su atractivo. En eso, y en la química que fluía entre los dos.

–Lo que tengas que decir puede esperar a mañana.

–¿En serio? ¿Porque usted lo decrete así, mi señor?

No, no había sido así en París, pero a una parte de él le gustaba demasiado esa actitud.

–Sí. Por eso y porque tus ojeras indican que ahora mismo necesitas dormir más que charlar.

–Lamento que no apruebe mi aspecto. Intentaré estar mejor la próxima vez, mi señor.

–Yo no emplearía ese término demasiado –la advirtió con delicadeza antes de dar otro trago–. Puede que me acabe gustando.

La vio respirar aceleradamente cuando se pasó una mano por su torso desnudo y en ese momento recordó que Zach había interrumpido su ducha. ¿Acaso la inquietaba verlo así medio desnudo? Él, sin duda, se inquietaría si la viera así. Ya estaba excitado, de hecho, y eso que Imogen llevaba la misma ropa arrugada de antes.

Seguía siendo tan bella como siempre, pero ahora se la veía agotada. La miró de arriba abajo y se detuvo en su pecho. No llevaba sujetador.

–Bueno, de todos modos... He mirado algunas opciones que me gustaría discutir contigo mañana.

–Ahora no es buen momento –respondió Nadir intentando controlarse para no levantarla en brazos y domar esa mirada desafiante.

–No estoy de acuerdo.

–Has tenido una buena oportunidad para hablar en el avión y has elegido no hacerlo.

Ella se sentó en el borde del sofá y lo miró.

–Nadeena ha estado despierta todo el viaje y no quería que me notara nerviosa. A esa edad los bebés perciben todo lo que siente la madre.

Él soltó una carcajada.

–Si eso es verdad, no podrías haberla engañado. Hasta un ciego podía ver que estabas histérica.

–¿Y de quién es la culpa?

–Mía, sin duda. ¿Le ha costado dormirse?

–No, gracias.

–¿Gracias?

–Por preguntar, supongo. ¿Podemos centrarnos en un tema?

–Por supuesto, pero puedes dejar de tratarme como a un extraño. No lo soy.

–Lo eres, pero no he venido aquí a discutir contigo.

–¿Y a qué has venido?

–A hablar.

–Tengo una idea mejor.

Ella abrió los ojos de par en par.

–Espero que no estés pensando en lo que creo que estás pensando.

–Sin duda estoy pensando en lo que tú estás pensando.

–¿Cómo puedes pensar en sexo en un momento así?

Con ella, él pensaba en sexo todo el tiempo.

–¿Es que es demasiado pronto para ti, *habibi*? No pasa nada. Soy un hombre paciente. Puedo esperar.

–Mira, Nadir...

–Mira, Imogen, no estoy de humor para discutir. Podemos hablar mañana después de la una.

–¿Por qué? ¿Qué pasa a la una?

A la una uno de sus cabos sueltos quedaría resuelto.

–No es importante.

–¿Tiene que ver con lo que tu hermano estaba hablando antes?

–No importa.

–Pues a él sí que parecía importarle.

–Se le pasará.

–Guárdate tus secretos. No quiero saber nada.

–No es un secreto. Tengo asuntos que solucionar en Bakaan que no te incumben.

–Muy bien, pues centrémonos en el asunto y discutamos de algo que sí me incumba.

–Centrémonos en el asunto. Mañana.

A Imogen no le gustó cómo la recorrió con la mirada y deseó haberse dejado el sujetador puesto después de que Nadeena se hubiera quedado dormida porque, cada vez que Nadir miraba sus pechos, se le erguían los pezones. Ojalá la luz de las lámparas fuera tan tenue como para que él no lo pudiera percibir. «Céntrate», se dijo.

Lo último que necesitaba ahora era pensar en la oferta que él le había hecho. ¡Ya podía esperar si creía que podía utilizarla para saciar su hambre de sexo! ¡Eso ya se lo conocía y tenía una hija para demostrarlo! Una hija que no lo necesitaba.

–Bueno, ya que dijiste que querías formar parte de la vida de Nadeena, he buscado alternativas que no incluyen el matrimonio.

–Bien por ti.

Su respuesta resultó gélida, pero al menos sirvió para refrescar el aire que fluía entre los dos.

–No he hecho un análisis profundo, pero, por lo que sé, existen la custodia legal y la custodia física y son bastante distintas.

–¿Ah, sí? –respondió lacónicamente.

–Sí, lo son. La custodia legal se refiere a quién toma las decisiones por el niño y puede ser exclusiva o compartida, y la custodia física se refiere a ver al niño. De nuevo, puede ser exclusiva o compartida, y eso se divide en supervisada y no supervisada e, incluso, en visitas virtuales –respiró hondo y continuó antes de que él pudiera interponer–. También está la cuestión de cómo dividir el tiempo y parece que lo más común es que el padre visite al niño cada quince días y en fiestas. A menos que quieras que optemos por la ruta virtual, por supuesto.

–Por supuesto.

Imogen esperó a que dijera más, pero cuando él solo sonrió y se puso las manos detrás de la cabeza, ella sospechó que iba a jugar con ella.

–¿Y bien?

De un modo perverso, la posibilidad de que él accediera no la emocionaba tanto como había imaginado porque, en realidad, la decepcionada que la relación de París no hubiera prosperado como la de muchas otras parejas. Parejas como Minh y David, que se amaban tanto que harían lo que fuera el uno por el otro.

Suspiró. ¿Qué le había dicho su madre? «No se puede pedir la Luna». ¿Le diría ella lo mismo a Nadeena algún día?

–Dime, ¿en Internet se menciona el acuerdo de custodia para una mujer que le ha ocultado al padre la existencia del hijo?

–No –contestó ella con brusquedad.

–Entonces tienes razón cuando dices que tu análisis no es muy profundo. Y, aunque puede que estés satisfecha compartiendo la custodia de nuestra hija, yo no lo estoy.

–Yo tampoco, pero no me estás dando otra opción.

–Al contrario, te he dado la mejor opción que existe.

–¿Casarme contigo?

Pudo ver al instante que él se había ofendido por su tono desdeñoso, pero, ¿qué más daba, si no la amaba? Si la amara... entonces las cosas serían distintas...

–Todo esto tendrías que haberlo pensado antes de haber huido.

–Yo no huí. Me marché.

–Te dije que volvería y que hablaríamos de las opciones, pero no estabas allí.

–¿Opciones como el aborto? –contestó recordando lo mal que se había sentido al leer su mensaje.

–No, eso no.

Él palideció y se pasó una mano por el pelo como si de verdad la idea lo hubiera horrorizado.

–Bueno, probablemente habría sucedido si me hubieras obligado a hacerme esa horrible prueba de paternidad que me dijiste que tenía que hacer. ¿Sabes lo peligrosas que son esas pruebas?

–No, yo...

–Aproximadamente una de cada trescientas amniocentesis terminan en aborto, así que, si hubiera pasado eso, para ti habría sido mucho mejor, ¿no?

Nadir se levantó de un salto.

–¡Imogen! Yo jamás habría puesto en peligro la vida de nuestro bebé. Eso debes saberlo.

Una punzada de pesar se clavó en su pecho. El modo en que había dicho «nuestro bebé», como si de verdad sintiera algo por Nadeena...

–Y supongo que habrías aceptado que no me hiciera la prueba...

–Por supuesto que lo habría aceptado. ¿En qué fase de nuestra relación te he mostrado que no sea una persona razonable?

Imogen quiso decir «todo el tiempo», pero lo cierto era que él jamás se había mostrado así con ella. Nunca. Siempre había sido considerado y amable. Encantador. Pero todo había sido una mentira por la que no podía dejarse arrastrar otra vez.

–Ahora lo estás siendo.

–Eso es cuestión de opinión.

–¡Maldita sea, Nadir! No puedes tenerme aquí en contra de mi voluntad.

–La verdad es que sí puedo –dijo con toda la arrogancia de un hombre nacido entre privilegios–. Pero no lo haré. Lo que sí haré será evitar que apartes a Nadeena de mi lado.

–Te odio –contestó Imogen, pálida y apenas sin respiración, porque prácticamente Nadir le estaba dando a elegir entre casarse con él o renunciar a la niña.

Él asintió como si le pareciera normal oír eso; como si ella no hubiera soñado con él deseando que fuera a buscarla, que le dijera que la echaba de menos, que la amaba, que no podía vivir sin ella.

–Un niño merece que lo críen sus dos padres, ¿o eso me lo vas a discutir también?

–Solo si ambos padres lo quieren.

–Estoy de acuerdo.

Imogen fijó la atención en los elaborados estampados de la alfombra persa que tenía bajo los pies para evitar decir algo de lo que luego pudiera arrepentirse.

–Lo creas o no, Imogen, solo quiero lo mejor para Nadeena.

–¿Ah, sí?

–¡Sí!

–¿Y si lo peor para ella es un matrimonio entre los dos?

–No entiendo por qué tendría que ser lo peor para ella –le respondió perplejo.

–Porque sería un matrimonio de conveniencia.

–Yo no lo veo así.

–¿Cómo puedes no verlo así?

–Porque el matrimonio no tiene nada de conveniente y el nuestro será real.

¿Real? Imogen tragó saliva, se había quedado sin aliento.

–Espero que no estés diciendo lo que creo que estás diciendo.

–Seremos un matrimonio en todo el sentido de la palabra, *habibi* –dijo con la misma seguridad en sí mismo que ella había adorado una vez.

–Creía que no estabas a favor de forzar a nadie.

Contuvo el aliento mientras él la miraba fijamente y se obligó a no moverse. Como si Nadir no pudiera evitarlo, levantó una mano y le pasó un dedo por los labios en una suave caricia que hizo que se erizaran todas sus terminaciones nerviosas. Durante un largo instante se quedaron mirándose en silencio, pero entonces él arruinó el momento diciendo:

–¿Forzar, *habibi*?

Esas cálidas palabras parecieron burlarse de ella, que se apartó bruscamente haciendo todo lo posible por ignorar el modo en que la sangre le bullía por el cuerpo y dejando claro que era incapaz de controlar la atracción que sentía por él. Ningún hombre la había afectado tanto hasta el punto de hacerle olvidar quién era y dónde estaba. Se negaba a volver a cederle esa clase de poder porque eso la hacía ir en contra de su voluntad, le hacía sentirse hambrienta por saborearlo, hacía que estuviera dispuesta a arriesgarlo todo. O casi todo...

–Habla en serio, Nadir. Un bebé arruinará por completo tu estilo de vida. Arman mucho jaleo y son agotadores y... y... –son maravillosos, divertidos, encantadores...–. Y a veces huelen mal.

–No te entiendo. La mayoría de las mujeres darían saltos de alegría ante la posibilidad de tener a un hombre rico que las mantenga a ella y a su bebé.

–Pero yo no soy como la mayoría de las mujeres y sé que esto es un error. Mis padres se casaron porque mi madre estaba embarazada de mí y resultó terrible para todo el mundo. Estuvieron juntos, a pesar de que mi padre se veía con otras mujeres, porque mi madre creía que a un hijo tenían que criarlo los dos padres. Mi padre se lamentaba de verse atado a nosotras y al cabo de un tiempo dejé de desear que me prestara atención.

–Yo no me lamentaré de estar con vosotras.

Avergonzada por haber revelado sus heridas más profundas, dijo:

–¿Cómo puedes decir eso? Tienes reputación de mujeriego.

–La gente ve lo que quiere ver, pero si crees que el amor es garantía de una unión feliz, estás equivocada. Mis padres parecían una pareja de cine creyendo eso y no duraron juntos.

–Me cuesta creerlo si de verdad lo que tenían era amor verdadero.

–Pues créelo. Se separaron cuando mi padre se casó con otra mujer y...

–¡Que se casó con otra mujer!

–Sí, en Bakaan es costumbre que los hombres puedan tener más de una mujer.

–Pues entonces ya te puedes ir olvidando de casarnos.

–No te preocupes. No soy masoquista –respondió él con una sonrisa.

–¿Crees que haces gracia? Me parece atroz que se permita a los hombres tener más de una mujer. Seguro que a las mujeres no se les permite tener más de un marido.

–No, y a mi madre le molestaba tanto como a ti. Al final acabaron odiándose tanto que no me resultó agradable estar con ninguno de los dos. Mi madre siempre intentaba que le demostráramos cuánto la queríamos dándole información de nuestro padre, y nuestro padre siempre se refería a ella de modo despectivo y nos preguntaba qué estaba tramando a sus espaldas. Era como si no pudieran dejarse tranquilos el uno al otro y, sinceramente, resultaba agotador.

Y, sin duda, también agobiante emocionalmente, pensó Imogen. Pero era totalmente distinto a lo que ella había imaginado que habría sido su infancia. Por alguna razón, había dado por hecho que su vida había estado llena de lujos y diversión, pero al parecer, se había equivocado.

Sintió curiosidad y quiso preguntarle más, pero él se adelantó diciendo:

–Olvídalo. Y olvida lo de la custodia compartida, Imogen.

–Es imposible razonar contigo.

–Eso es porque sabes que tengo razón.

Se habría dado la vuelta, habría hecho lo que fuera por poner algo de distancia entre ella y su cuerpo medio desnudo que parecía animarla a que lo acariciara, pero él puso las manos sobre sus hombros y no la dejó moverse.

–Nunca he dejado de desearte, Imogen, y ese beso que nos hemos dado en mi apartamento demuestra que tenemos una química increíblemente fuerte. ¿Por qué luchar contra ella?

Imogen se soltó de sus manos y, avergonzada por la facilidad con la que sucumbía a sus palabras, volcó toda su ira en él.

–¿Sabes por qué? Porque, pase lo que pase, no tengo la más mínima intención de casarme contigo y porque, a pesar de lo que crees, un matrimonio basado en el sexo siempre será débil.

–Tal vez, pero eres una chica inteligente y debes darte cuenta de que un matrimonio basado en una química mutua e intereses compartidos tiene fuerza.

–¿Y qué crees que compartimos, Nadir? –preguntó desesperada por aliviar la bola de emoción que iba inflándose en su interior–. ¿Crees que bastaría para sustentar un matrimonio?

Apoyó las manos en las caderas y esperó a que él respondiera, pero debería haber imaginado que tendría una respuesta, debería haber sabido que un hombre con sus habilidades negociadoras escondería algo bajo la manga con lo que aplastarla.

–Nadeena –se detuvo y añadió–. Tenemos a Nadeena.

Capítulo 7

D ESPUÉS de esperar a Zach dentro de la Cámara del Consejo durante casi una hora, se podía decir que Nadir ya estaba extremadamente irritado. Sí, estando allí había podido hacer un par de llamadas importantes, pero no podía hacer mucho más desde un país con recursos de Internet limitados. Además necesitaba solucionar las cosas con Imogen, pero ella lo había evitado toda la mañana y, sinceramente, él tampoco se había molestado mucho en ir a buscarla. No había podido sacarse de la cabeza la discusión de la noche anterior y le había sido imposible dormir.

Antes de haberla visto el día anterior, había esperado encontrarse con que había abortado ya que no había recibido noticias suyas reclamándole cantidades de dinero.

Recordó su fiera expresión cuando le había mencionado el mensaje que le había enviado; en aquel momento no había contemplado la posibilidad de que pudiera molestarla, de que se sintiera abandonada por su regreso a Nueva York. La culpabilidad lo atravesó como un puñal.

Suponía que era el culpable de todo porque no le había mostrado sus sentimientos, aunque ¿cómo se suponía que lo tendría que haber hecho cuando ni siquiera había sabido qué sentía?

Enfrentarse a las emociones nunca había sido su

punto fuerte. Recordaba a su madre animándolo a admitir sus emociones y a su padre diciéndole que era peligroso hacerlo, y al final había sido su padre el que había demostrado llevar razón.

Miró el sillón que su padre había ocupado durante las reuniones del Consejo. Como heredero del trono siempre lo habían animado a sentarse en él y le había encantado asistir a las reuniones y escuchar a su padre ocupándose de los problemas y dando órdenes; verlo ocuparse de asuntos políticos.

Hasta que se marchó de Bakaan no había sido consciente ni de lo aislado y paranoico que se había vuelto su padre, ni de cómo a solo unos pocos elegidos les había permitido entrar en su santuario, y únicamente si esos elegidos le daban la razón en todo. Nadir había empezado a no darle la razón a los doce años y ahí había comenzado a derrumbarse todo. Ahí su padre había empezado a intentar apartarlo de su madre y de su hermana, a explicarle que tenía que romper lazos.

Se pasó una mano por la cara. Uno de los principales problemas que había entre Imogen y él era que ella era una mujer emocional y sensual que no se guardaba nada. Y eso era algo tanto atractivo como disuasorio, aunque ahora mismo podía decir con sinceridad que ganaba la atracción. Probablemente llevaba demasiado tiempo sin estar con una mujer; no era natural que un hombre sano llevara catorce meses sin tener relaciones.

¿Le debía una disculpa a Imogen por su comportamiento? Hacía años que no sentía esa necesidad y las últimas personas a las que había necesitado pedir perdón habían muerto.

Por el rabillo del ojo vio a uno de los más antiguos

miembros del Consejo apartarse del grupo y agradeció su interrupción tanto como un hombre ahogándose agradece una balsa salvavidas.

Omar nunca había sido una de las personas favoritas de Nadir, pero era un hombre sabio y, por lo que sabía, leal.

—¿Y bien?

—No sabemos dónde está, Su Alteza. No responde al teléfono.

Nadir apretó los dientes. Su hermano había dicho que tenía que ir a las montañas para resolver algunos asuntos y había pilotado él mismo el helicóptero. Ahora no se sabía dónde estaba y el helicóptero seguía en el aeródromo.

—Bien, procederemos sin él.

—Me temo que no es posible, Su Alteza.

—¿Por qué no?

—Para que usted pueda renunciar a su posición como rey, necesitamos que su sucesor esté presente.

—Pero no está aquí y yo tengo un negocio que dirigir.

—El consejo lo entiende, Su Alteza, pero usted aún está actuando como rey y esta noche se celebra una cena que lleva planeada meses. Es demasiado tarde para cancelarla. Muchos jefes de Estado han volado ya hasta Bakaan y algunos se quedarán toda la semana para participar en eventos oficiales.

—Entonces Zachim debería estar aquí para ocuparse de todo.

—En efecto, Su Alteza.

Nadir maldijo antes de añadir:

—De acuerdo, lo haré.

—Muy bien, Su Alteza. ¿Preparo un sitio para su esposa?

—¿Por qué ibas a hacer eso?

–Porque las esposas están invitadas a la cena, y todo el mundo estará esperando ver a la suya.

Nadir se imaginaba cómo se tomaría Imogen la noticia.

–Prueba a llamar a mi hermano otra vez.

–Por supuesto, Su Alteza.

Comenzó a moverse de un lado a otro mientras Omar hacía la llamada que, probablemente, no sirviera de nada dado el rudimentario sistema de comunicación que había instalado su padre en el país. Esa era otra posible razón por la que no podían contactar con Zachim. La otra era que su hermano se estuviera escondiendo en un intento de obligarlo a subir al trono.

¿Sería eso? También era posible que ahora mismo Zach estuviera en alguna parte compartiendo una copa de vino con una mujer. Si era así... le daría una buena paliza cuando volviera.

–No ha habido suerte, Su Alteza.

–Bien. Añade un asiento para Imogen.

–¿Y su boda?

–¿Cómo dices?

–Su boda. Puede que lo haya olvidado, pero un matrimonio occidental no es legal para un miembro de la familia real. Lo mejor sería que formalizara el matrimonio en una ceremonia tradicional lo antes posible.

Nadir suspiró.

–Y supongo que tienes la fecha perfecta para ello, ¿verdad, Omar?

–Lo antes posible, Su Alteza. En el norte del país hay malestar y algunos desean desestabilizar el trono. Es importante que la gente vea a su príncipe comportándose de acuerdo a su posición.

–Sabes que no tengo intención de gobernar Bakaan, Omar, así que eso no importa.

–Como desee, Su Alteza.

Al darse cuenta de que estaba siendo demasiado terco, añadió:

–Sé que estás preocupado, Omar, pero no lo estés. Zachim estará de vuelta antes de que se sirva la cena. Mientras tanto, si crees que formalizar mi matrimonio es absolutamente necesario, entonces organiza la ceremonia para dentro de una semana.

Eso le daría a Zach tiempo suficiente para dejar de jugar y volver en el caso de que estuviera alejado deliberadamente. Y en el caso de que dentro de una semana siguiera fuera, entonces se casarían. De todos modos, era algo que iba a suceder de una manera u otra.

–Lo siento, ¿quiénes ha dicho que son?

Imogen dejó a Nadeena en la mecedora junto a la preciosa piscina bajo la palmera que la protegía del sol, y se giró hacia las dos mujeres. Una era joven y estaba impresionante con el atuendo tradicional de las sirvientas en color crema, y la otra era mucho mayor y vestía de negro. Estaba mirando fijamente a Nadeena.

–Me llamo Tasnim y ella es Maab –dijo la más joven con una amplia sonrisa–. Somos sus sirvientas, mi señora.

–Ah, gracias, pero...

Antes de poder decir nada, Maab se había acercado a Nadeena y le estaba cantando en árabe. Como si sintiera la mirada de Imogen, se giró y agachó la cabeza diciendo algo.

–Lo siento, pero no la entiendo.

–Por favor, disculpe a Maab, mi señora. No habla mucho inglés, pero es excelente con los bebés y ayudó a criar a los príncipes cuando eran pequeños. Está preguntando si puede acercarse más a la pequeña princesa.

–Bueno, por supuesto que puede.

Cuando Imogen le sonrió, la mujer se agachó delante de Nadeena y emitió un grito ahogado. A continuación, pronunció el nombre de «Sheena» y esbozó una amplia sonrisa.

Confundida, Imogen se giró hacia Tasnim.

–Maab dice que la pequeña princesa es igual que Sheena.

–¿Sheena?

–La hermana del rey, mi señora.

–Ah, la tía de Nadir. Vaya, ¡qué bien!

–No, mi señora, se refiere a la hermana del rey Nadir.

Imogen se quedó en silencio un momento mientras procesaba la información. No sabía que Nadir tuviera una hermana, aunque tampoco la sorprendía. Su breve relación en París no había ido más allá de una fase intensamente sexual y, por la razón que fuera, ninguno de los dos había perdido el tiempo hablando ni de su familia ni de su historia personal. En el caso de Imogen había sido un acto deliberado; no había querido hablar ni de la muerte reciente de su madre ni del nuevo matrimonio de su padre solo un mes después. ¿Había elegido Nadir no hablar de su pasado porque también lo incomodaba?

–El rey me ha pedido que la ayude a prepararse para la noche. ¿Le gustaría hacerlo ahora, mi señora?

–¿Con rey te refieres a... Nadir?

–Sí, mi señora.

Una repentina sensación de inquietud le recorrió el estómago. Nadir no podía ser rey porque, si lo era, eso significaba que tendrían que estar allí más de un día.

–Creo que debe de haber un error –comenzó a decir lentamente y entonces recordó las palabras de Zach de la noche anterior: «Es tu derecho de nacimiento».

¿Estaba ahí Nadir para discutir algún plan de sucesión? No se había esperado que tuviera que conocer a su padre. Una cosa era conocer a su hermano, pero si su padre se parecía un poco al suyo, lo más probable era que no le diera su aprobación.

La mujer mayor empezó a decir algo en árabe y con tono de orgullo.

–Maab dice que estamos encantados de que haya vuelto, y que el rey Nadir será un gran rey porque fue un chico maravilloso. Amable, leal y muy fuerte.

–Qué maravilla –murmuró extrañada de que alguien pudiera alabarle.

–Estaba muy triste de pensar que Nadir no regresaría tras la muerte de su padre.

–¿La muerte de su padre?

–Oh, sí, la muerte de su padre.

¿Pero qué demonios estaba pasando ahí?

–Han sido dos semanas muy complicadas para los que trabajamos en palacio sin saber qué pasaría... pero lo siento, mi señora, imagino que no querrá oír todo esto.

¿Que no? ¡Quería oír eso y más! Tenía que hablar con Nadir para aclararlo todo. Ahora mismo.

Sonriendo a Tasnim, dijo:

–Gracias, Tasnim. ¿Te importaría decirle a mi marido que no necesito ayuda y que me gustaría verlo?

–Tus deseos son órdenes, *habibi*.

Se giró ante el sonido de su voz y se quedó boquiabierta al encontrarlo ataviado con una túnica negra que lo hacía parecer un pirata. Una absurda emoción se apoderó de ella y todo pensamiento racional se derritió con la ardiente brisa. Y no fue la única afectada por su presencia, ya que Maab se echó al suelo nada más verlo.

–Maab –dijo Nadir en árabe y levantándola para después abrazarla con fuerza.

A la mujer se le llenaron los ojos de lágrimas e Imogen se emocionó también al verla.

Una vez se quedaron los dos solos, Nadir la miró de arriba abajo con gesto de desaprobación.

–¿Por qué no llevas la ropa que te compré?

–Olvida la ropa. ¿Por qué me has mentido?

–Yo no te he mentido. Jamás te he mentido.

–Me dijiste que nos marcharíamos hoy y acabo de enterarme de que tengo que asistir a una cena. Y de que eres el Rey. No eres el rey, ¿verdad?

–No, no soy el rey –respondió de un modo que no la convenció en absoluto.

–Entonces ¿por qué te llaman «rey» esas dos mujeres?

–Porque creen que lo seré pronto, supongo.

–¿Pero por qué piensan eso?

–Un problema técnico.

–¿Un problema técnico?

–Nadie es rey hasta la coronación, pero mientras tanto el país necesita alguien que lo dirija. Estoy actuando como jefe de Estado hasta que Zachim vuelva.

–¿Entonces es verdad que tu padre ha fallecido hace poco?

–Es verdad.

–En ese caso, lamento tu pérdida.

–No lo lamentes. El propósito de mi vista a Bakaan no era ocupar el trono, sino cedérselo a Zachim.

–Ah –¿es que no quería ser rey?–. Supongo que, ya que a las mujeres no se les permiten varios maridos, a tu hermana tampoco se le permitirá ocupar el trono.

–¿Mi hermana? –se le tensó la mandíbula–. ¿Quién te ha hablado de mi hermana?

Al no querer meter a la joven sirvienta en problemas respondió:

–Tasnim, pero no la culpes, la he presionado para que me diera información.

–Pues no la has presionado bastante. Mi hermana no está viva.

–Oh, lo siento mucho –se sintió afligida al ver una máscara de dolor cubriendo el rostro de Nadir–. ¿Ha muerto con tu padre?

–No, pero tienes razón. No le habrían permitido reinar. Y ahora, ya que Zachim ha desparecido por el momento, debo asistir a una cena de Estado esta noche y necesito que me acompañes.

–¿Pero qué pasa con lo de regresar a Londres?

–Se ha retrasado.

–Tengo un trabajo y necesito volver porque estamos escasos de personal en la cafetería.

–Ya no necesitarás ese trabajo nunca más, así que podrías dejarlo directamente.

–No lo dejaré.

Nadir suspiró.

–Espero que no todas nuestras conversaciones sean así. Ahora, si entras en el vestidor encontrarás un vestido de noche y Tasnim te ayudará a prepararte. Si necesitas algo más...

–Nadir, todas nuestras conversaciones son complicadas porque no escuchas y no pienso acompañarte esta noche a ningún sitio mientras no resolvamos nuestras cosas.

–Ya hemos resuelto las cosas. Lo hicimos anoche.

–¿Cuándo?

–Cuando hablamos.

–A lo mejor tú resolviste algo anoche, pero yo no.

–De acuerdo, dime qué necesitas para que esto funcione.

–Tiempo –por un lado–. Ayudaría que escucharas lo que quiero.

–Prometo que intentaré escucharte, pero por desgracia no puedo hacer nada con tu primera petición porque el tiempo es una cosa que me falta ahora mismo. Y nunca le he visto sentido a posponer algo que va a suceder inevitablemente.

–Será inevitable para ti.

–Para nosotros.

–Ahora mismo no estamos solo nosotros, también hay un bebé. A ver, ¿dónde vamos a vivir? ¿A qué colegio va a ir Nadeena? ¿Qué pasa con su bienestar emocional?

–Viviréis donde viva yo. Nadeena irá a un buen colegio y los dos queremos lo mejor para ella.

–Estás simplificando.

–Y tú lo estás complicando todo.

–Es complicado.

–No tiene por qué serlo.

–En serio, Nadir, ya ni siquiera nos gustamos.

–A mí sí me gustas.

A punto de decirle que lo que pensara de ella no importaba, vio cómo esas palabras se disipaban en su boca cuando él se agachó y comenzó a echar agua dulcemente sobre los pies de Nadeena. La niña se agarró el dedo gordo del pie y comenzó a reírse. Nadir sonrió. Era una sonrisa que había derretido miles de corazones, incluyendo el suyo. Estaban preciosos juntos. Su hija y el hombre que en un momento la había hecho increíblemente feliz. Ambos con el pelo oscuro y simpáticas sonrisas. Nadir le dijo algo a Nadeena en árabe e Imogen sintió una punzada en el corazón que se transformó en anhelo; un anhelo que no quería volver a sentir.

–¿Es que no quieres más? –pronunció esas palabras antes de darse cuenta, y cuando él la miró se le paró el corazón por lo increíblemente viril que resultaba. La recorrió de arriba abajo y se detuvo en sus labios.

—¿Más qué?

—Amor. ¿No quieres casarte por amor?

—El amor es para las tarjetas de felicitación y para las abuelas, no para el matrimonio.

—Lo cual te demuestra que no estamos hechos el uno para el otro porque yo solo quiero casarme por amor.

—Ya te he dicho que mis padres se casaron por amor y eso solo les causó dolor.

—¿Lo crees de verdad?

—No lo creo, lo sé. De lo contrario, no seguirías discutiendo conmigo y resistiéndote al matrimonio. Estarías agradeciendo el hecho de que te dé una vida que pocos pueden tener.

—¿Preferirías que me casara contigo por tu dinero? Eso es muy frío y... vacío.

—Es sincero. Y esta noche es importante. Si no fuera así, no te lo pediría.

—¿Por qué? Tengo la impresión de que Bakaan no significa nada para ti.

—Eso también es complicado.

—¿Por qué?

—Digamos que lo es y dejémoslo así.

—Menos mal que me ibas a escuchar —murmuró.

—He respondido a todas las preguntas que me has hecho.

—¿Tú crees?

Él se pasó una mano por la barbilla. Necesitaba afeitarse, pensó ella, además de preguntarse cómo era posible tener una boca tan perfecta. Él la sorprendió mirándolo y entre los dos saltaron chispas.

El beso que habían compartido el día antes se coló en su mente y, a juzgar por cómo Nadir estaba mirando su boca, parecía que a él le había pasado lo mismo. Su silencioso escrutinio la inquietó y se apartó esperando que no la tocara porque, si lo hacía, no estaba segura de cómo reaccionaría. Bueno, segura estaba, pero no quería tener esa reacción. Cuando se trataba de ese hombre tenía la mala costumbre de mezclar el sexo con el amor y, dado lo que él pensaba del amor, sería un suicidio emocional poner en peligro su corazón, y el de Nadeena.

—Mi país ha sufrido mucho por el reinado de mi padre. No lo empeoraré ignorando mis deberes actuales. ¿Me acompañarás esta noche?

En realidad, sonó a orden más que a pregunta.

–¿Siempre tienes que ser tan insistente?

–Cuidaré de Nadeena mientras te preparas.

Frustrada por el modo en que lograba acorralarla y manipularla, intentó pensar en una salida.

–Necesita un baño.

–Pues yo se lo daré.

–¿Tú solo?

–No te sorprendas tanto. No creo que haya que ser un genio para saber hacerlo, pero si te hace sentir mejor, le diré a Maab que esté presente y así Nadeena se acostumbra a ella.

Superada por su lógica, Imogen apretó los dientes y contestó:

–Sería un error llevarme contigo.

–¿Por qué dices eso?

–Fui bailarina del Moulin Rouge. Seguro que todo el mundo pensará que no soy apropiada para ser la esposa de un rey.

–Algunos lo harán, sin duda.

Esa respuesta fue como un cuchillo clavándose en una herida aún abierta.

–Pero como no seré rey, eso no importa –añadió Nadir con impaciencia.

–¿Por qué no? ¿Demasiada responsabilidad para ti?

Él se pasó la mano por el pelo dejándoselo con un toque alborotado que resultaba muy sexy.

–¿Intentas que me enfade para que cambie de opinión?

–¿Funcionaría?

–No. Y ahora déjate de tácticas para retrasarme. Nadeena estará bien y, por muy preciosa que eres, los vaqueros y la camiseta de ayer no funcionarán esta noche.

–Te odio –le dijo, aunque las palabras carecieron de la rabia que había sentido el día anterior, y lo supo por el modo en que Nadir le sonrió.

–Ya me di cuenta anoche. Y ahora, cumplamos con nuestro deber, ¿de acuerdo?

Capítulo 8

PEQUEÑA, vaya brazo que tienes –dijo Nadir recogiendo la pelota que Nadeena había lanzado desde su trona por enésima vez–. Ya te veo triunfando como jugadora de béisbol de mayor.

La niña balbuceó con alegría cuando él le devolvió la pelota, pero en lugar de lanzarla directamente, alargó la mano con una sonrisa e intentó agarrar su *keffiyeh*.

–Eso no –añadió sonriendo y colocándose el turbante–. Ya te he explicado que no queda tan bonito si está aplastado por las manos de un bebé –miró su Rolex de nuevo y ojeó la puerta.

Si Imogen no aparecía pronto no tendrían tiempo de que le diera la alianza que parecía estar haciéndole un agujero en el bolsillo y sin la que no quería que apareciera en una sala llena de dignatarios. Además, le parecía importante afianzar las cosas entre ellos y recordarle que ahora estaba con él y que siempre lo estaría.

Estaba recordando la conversación en la que ella le había preguntado si quería más de un matrimonio y él había respondido que no; la había visto tan vulnerable que había querido retirar las palabras, pero ya había habido demasiados malentendidos entre ellos y no quería que hubiera más. Debería haberse dado cuenta de lo romántica que era, de que querría amor. Sin embargo, su matrimonio no tendría por qué estar destinado al fracaso;

sentía algo por ella y una buena relación sexual podía ser un buen comienzo para un matrimonio, por mucho que ella dijera que no. No era tan inmune a él como intentaba fingir. Ese beso había sido prueba suficiente de ello, al igual que el modo en que se contenía cada vez que estaban cerca.

Nadeena aplaudió encantada cuando él le devolvió la pelota de nuevo.

—Ojalá tu madre se contentara tan fácilmente.

Le acarició la cabeza. Su hija estaba siendo todo un descubrimiento, como también lo estaban siendo los profundos sentimientos que tenía hacia ella. Y todo eso hacía que se viera más decidido aún a lograr ese matrimonio. Sonrió a la niña y la besó en la cabeza antes de girarse al oír el susurro de unas telas tras él.

Se quedó bloqueado.

Imogen estaba en la puerta con un vestido azul largo de seda que, si en la percha había resultado precioso, en ella resultaba extraordinario. Sus esbeltos brazos de bailarina y la elegante línea de su cuello quedaban expuestos a su mirada; su cabello era una suave cascada de ondas doradas que caían alrededor de sus hombros. Parecía una princesa. Era la mujer que todo hombre querría llevar del brazo. Que querría llevar a su cama.

—Creo que esto va a ser demasiado para Nadeena. Anoche no durmió bien.

Nadir no podía apartar los ojos de ella.

—Nunca he dejado a Nadeena con un extraño. Siempre ha estado o con nuestra vecina o con Minh.

La mención de su examante pareció erradicar cualquier pensamiento racional de la cabeza de Nadir. Imaginarla con otro hombre...

—Estará bien.

—Mi hija me necesita.

–Nuestra hija –dijo con impaciencia–. Además, acaba de tener dos horas para acostumbrarse a Maab y parece muy contenta con ella.

–¡Dos horas! Hace falta mucho más que eso para sentirse cómodo con alguien.

A él no le habían hecho falta ni cinco minutos para sentirse cómodo con ella.

–El gran salón está en el ala oeste, a pocos minutos de aquí.

–Creo que me estoy mareando.

En ese momento Nadir sintió compasión por ella; todo eso era nuevo, no podía olvidarlo.

–Estaré a tu lado, *habibi*.

–¿Y se supone que eso tiene que reconfortarme?

–¿Debería haberte dicho que vas a estar sola y que, si cometes el más mínimo error, tendrás cientos de miradas puestas en ti?

–Te habría creído.

En ese momento él quiso reír, zarandearla y besarla al mismo tiempo.

–Vamos.

–No soy un perro, Nadir –le contestó sin moverse.

–No, eres una mujer espectacular que está intentando irritarme con todas sus fuerzas –le dijo con tono suave–. Por desgracia para ti, poseo un control infinito –«normalmente», se corrigió; siempre que no estuviera cerca de ella. Se fijó en sus grandes ojos verdes delineados en negro y brillando tras un velo de pestañas color ébano. ¿Era consciente de lo increíblemente bella que era? ¿De cuánto deseaba poseerla? ¿De cuánto quería devorar ese brillo rosado que cubría sus labios? Sin embargo, tener a su antigua niñera y a su hija en la misma habitación lo ayudó a no hacerlo–. Tenemos que irnos.

–¿A Londres? –preguntó ella alzando la barbilla.

–No del todo. Pero reconozco tu sentido del humor –abrió la puerta.

Ella fue a darle un beso a la niña antes de dirigirse a Maab.

–Si llora, ¿ve a buscarme, de acuerdo?

–*Na'am*, mi señora.

–¿Inmediatamente?

–*Na'am*, mi señora.

–He notado que dicen eso mucho –dijo algo preocupada al acercarse a Nadir–. ¿Puedo fiarme de ella?

¡Estaba arrebatadora!

–No le va a pasar nada a Nadeena. Relájate.

¿Relajarse? Imposible. Estar a su lado hacía que fuera difícil recordar que nada de eso era real y que ella no quería que lo fuera. ¿O acaso quería?

De pronto recordó el beso que le había dado Nadir a la pequeña mientras estaban jugando. ¿Había sido un gesto de amor? ¿Era posible que pudiera llegar a querer a su hija tanto como la quería ella?

Confundida, llegaron a la entrada de un gran salón con exquisitas tallas arabescas en los techos y paredes, y suelos de bronce pulidos. Seis guardias armados vigilaban. Uno miró brevemente a Nadir y dio un paso al frente.

Imogen tragó saliva, consciente de que no tenía experiencia en esa clase de situaciones e invadida por un gran sentimiento de inseguridad.

Nadir se detuvo a su lado, metió la mano en el bolsillo y sacó un anillo de diamante exquisitamente trabajado a mano; era la joya más divina que Imogen había visto en toda su vida.

–Antes de entrar necesitarás ponerte esto.

–Es un anillo de compromiso –le dijo atónita–. No

es necesario –dijo colocando las manos detrás de la espalda.

–Por supuesto que lo es. Muchos de los invitados en la cena son occidentales y esperarán verte con mi anillo puesto.

Sintiéndose increíblemente vulnerable, Imogen respondió:

–Puedo decir que lo he perdido, si me pregunta alguien.

–Si el problema está en que no lo has elegido tú, puedes cambiarlo después.

Ese no era el problema. El problema era que no quería cambiarlo. El problema era que ese anillo era exactamente el que ella habría elegido si le hubieran dado la oportunidad.

–No quiero ponerme tu anillo porque hará que no me haga ilusión el momento en que un hombre que de verdad me quiera me dé uno.

–Maldita sea, Imogen, nadie más te pondrá un anillo, así que ya puedes sacarte eso de la cabeza ahora mismo.

Ella sacudió la cabeza y él, consciente de que se sentía incómoda por la presencia de los guardias, la llevó a un lado en lo que pareció un gesto de cariño.

–Creía que ya te había explicado lo importante que es esta noche.

–Tú no explicas las cosas, Nadir, tú solo hablas hasta que consigues lo que quieres.

–Te lo he explicado –su tono estaba salpicado de frustración–. Hoy iba a renunciar al trono, pero Zach no se ha presentado y ahora tengo que presidir la cena.

–¿Pero por qué no quieres ser rey? Zach dijo que era tu derecho de nacimiento.

–El porqué no es importante. No quiero el trabajo. Zach sí.

–Me gustaría entenderlo.

–¿Es que quieres ser reina? ¿Es eso?

–No. Ni siquiera había pensado en eso. ¿Por qué iba a hacerlo cuando ni siquiera he accedido a casarme contigo?

Sin previo aviso, Nadir le alzó la barbilla para mirarla a los ojos. Fue una mirada de frustración y agotamiento, y a ella se le cayó el alma a los pies.

–Necesito que seas un poco tolerante, Imogen. Me siento pendiendo de un hilo.

Esas palabras, junto con su afligida expresión, la hicieron detenerse, pero se resistía a dejar que se le ablandara el corazón porque, probablemente, él se aprovecharía sin que se diera cuenta.

Por supuesto, ese traicionero órgano no escuchó a su cabeza, nunca lo hacía cuando él estaba cerca.

–¿Qué pasa, Imogen? –preguntó dibujando círculos alrededor de su barbilla con un gesto más reconfortante que sexual–. ¿En qué estás pensando?

–Sinceramente, Nadir, no sé qué pensar. Ya no sé ni qué sentir ni qué hacer. Todo esto es muy confuso e inesperado. Estaba sola con Nadeena y de pronto... Y lo que tuvimos en París... fue tan... tan... –no podía decirlo. No podía decir que había sido demasiado especial, que había contado los minutos de lunes a viernes durante aquel mes que habían pasado juntos rezando por que él tomara un avión, se presentara en su puerta y la besara antes de, siquiera, decirle hola–. Y ahora estoy asustada porque me parece que todo se ha roto.

Roto como su vida, como su corazón después de que él se hubiera marchado de París, y como temía que le volvería a pasar si bajaba la guardia y accedía a casarse.

Nadir le rodeó la cara con las manos y, con delicadeza, deslizó los dedos por su mandíbula, hasta llegar a la aterciopelada piel de sus lóbulos.

–Imogen, mírame –le susurró tan cerca que ella pudo sentir su cálido aliento rozándole el pelo–. No tengas miedo. Te prometo que me ocuparé de todo. Os cuidaré a Nadeena y a ti. Os protegeré y os daré todo lo que necesitéis –le levantó la barbilla cuando ella apartó la mirada–. No os faltará de nada, *habibi*. Ni ropa, ni comida, ni una casa. Ni diamantes, ni vacaciones ni palacios. Te daré todo lo que tu corazón desee. ¿Qué más puedes querer?

Amor, pensó ella con pesar. Confianza. Compañía. Amistad. Y aunque podía ver que él estaba hablando con sinceridad, sabía que no sentiría todo eso por ella y temía que ella ya lo estuviera sintiendo por él.

Lo miró y vio que sus ojos azules plateados se habían oscurecido de emoción y de deseo. *Force majeure*, así lo habían llamado las bailarinas francesas y no se habían equivocado. Tenía un poder irresistible, era una fuerza de la Naturaleza, e Imogen era como una casa de paja derribada por la devastadora tormenta de su masculinidad.

La acercó más a sí y ella posó la mirada en su boca. Él separó los labios y ella hizo lo mismo. ¿La besaría? ¿Ahí? ¿En ese mismo momento?

–¿Qué dices, Imogen? ¿Nos darás una oportunidad? Por Nadeena.

Imogen sintió un inmenso peso dentro del pecho. Él quería hacerlo por su hija, que los unía y dividía al mismo tiempo, y ella sabía que si seguía negándose estaría actuando con egoísmo. Minh había tenido razón; Nadir tenía derecho a estar con la niña y ella debía olvidar el pasado e intentar aceptar el futuro.

Sintiéndose como si estuviera al borde de un precipicio, extendió la mano izquierda.

–De acuerdo, Nadir. Por Nadeena.

Sin vacilar lo más mínimo, él le tomó la mano y le puso el anillo. Ella miró la fría y pesada joya y deseó que esa vez su corazón no se dejara llevar.

Capítulo 9

AL FINAL de la velada, Nadir oyó a Maab darle un informe completo del estado de Nadeena y esperó en el salón a que Imogen volviera de ir a ver a la pequeña.

En muchos aspectos eran como cualquier otra pareja volviendo a casa después de salir una noche: uno hablaba con la canguro y el otro iba a ver al bebé.

Miró hacia el mueble bar y pensó en servir dos copas de brandy. Si de verdad fueran como cualquier otra pareja, se aprovecharían del hecho de que la niña estaba durmiendo y, tal vez, se tomarían una copa antes de echarse el uno encima del otro.

Nadir la recorrió con la mirada cuando ella entró en la sala; el vestido de noche flotaba alrededor de su esbelta figura y se ceñía a sus caderas. Imágenes de ella tendida en su cama le nublaron el cerebro. Sus largas, tonificadas y flexibles piernas lo rodeaban por las caderas, su espalda se arqueaba con pasión mientras hacían el amor, sus pequeños y tersos pechos suplicaban su boca. Si fueran como cualquier otra pareja, la habría tenido así en un instante.

Ella había accedido a casarse y ahora él debería sentirse triunfante por ello, pero no era así. En todo caso, se sentía como si fuera una victoria pírrica porque podía ver que, aunque había logrado que accediera, no había logrado nada más de ella, a juzgar por el muro que Imogen había levantado a su alrededor. Un muro que él quería derribar ahora mismo.

Durante toda la noche Imogen le había lanzado miradas fugaces y, en un principio, él había creído que su nerviosismo se debía a una cuestión de inseguridad. Pero pronto había descartado esa posibilidad al verla desenvolverse maravillosamente. Había hablado con el sultán de Astiv sobre el amor que el hombre sentía por el cristal antiguo y después había recordado sus vivencias en el mundo del esquí acuático de competición con el príncipe de Mana.

A Nadir no le había gustado nada el modo en que el príncipe la había mirado, aunque lo cierto era que no le gustaba el modo en que la miraba ningún hombre, y ese sentimiento posesivo era algo a lo que nunca antes se había enfrentado.

—Nadeena está dormida.

—Bien. Maab ha dicho que se ha tomado casi toda la leche a las once.

—Ah, bien. En ese caso, me alegra no haberla despertado para cambiarle el pañal porque debería dormir unas cuantas horas más.

—Bien —Nadir se preguntó cómo podía estar ahí charlando de Nadeena cuando lo que quería era desnudarla y hundirse en su exuberante cuerpo.

—¿Cuánto tiempo crees que tenemos antes de que se despierte?

La vio abrir los ojos de par en par y pensó: «Oh, sí, cielo, eso es exactamente en lo que estoy pensando».

—No mucho.

Él sonrió. Se quitó el *keffiyeh* y, mientras, fue consciente de que ella lo estaba mirando.

—Bueno, espero que la noche haya estado bien para ti, aunque...

–La noche ha estado excelente. Has estado brillante.

–Vaya, gracias.

–¿Por qué estabas nerviosa?

–¿Quién ha dicho que estuviera nerviosa?

–Sé que lo estabas, aunque no sé por qué.

–Porque sabía que todo el mundo estaría mirándome.

–Pero eres bailarina, debes de estar acostumbrada a estar expuesta ante la gente.

–Actuar es totalmente distinto a ser yo misma.

–A la gente le gustas –dijo intentando que se sintiera más segura de sí misma–. Eres natural y, por lo que he oído, esquiadora acuática. ¿Cómo es posible que el príncipe de Mana sepa que ganaste el campeonato de Australia y que yo no tuviera ni idea de eso?

–A lo mejor porque él ha preguntado y tú no.

–Ahora te lo estoy preguntando.

–Bueno, no fue para tanto. Mi madre lo practicaba, y por eso empecé, pero cuando tenía dieciséis años mi profesora de ballet me dijo que dejara todos los deportes peligrosos si quería dedicarme a la danza.

–Pero te encantaba.

Los ojos de Imogen se iluminaron con un brillo que pareció salirle de dentro.

–La velocidad resultaba muy emocionante.

–Pues ya es algo que tenemos en común –dijo él sonriendo. Estaba deseando conocerla más.

–Tómate una copa conmigo.

–No creo que sea buena idea.

–Tómatela de todos modos –le contestó sonriendo.

Imogen conocía esa sonrisa. Él la había utilizado a menudo cuando, estando paseando, la había rodeado con los brazos para decirle que estaba cansado de tanto caminar y que tenía frío y deberían irse a casa. Lo que había querido decir en realidad era que quería que se metieran en la cama, y ella se había derretido con un deseo abrumador.

Incluso aquella primera noche el deseo había acabado con lo precavida que solía ser con los hombres y había ensombrecido su sentido común. Cerró los ojos con la esperanza de que los recuerdos se desvanecieran, pero en realidad se sintió como si estuvieran de nuevo en París dentro de su elegante apartamento.

Aquella primera noche después del espectáculo él se había colado entre bastidores y le había lanzado una ardiente e intensa mirada. A Imogen la había recorrido un escalofrío de excitación, un profundo instinto femenino que ya la había avisado de que él iría a buscarla. Y así había sido. Nadir le había dicho su nombre y le había preguntado cuánto tardaría en cambiarse. Cuando ella había respondido que le llevaría diez minutos desmaquillarse, él había respondido:

—Esperaré.

Y había hecho que sonara como si hubiera estado dispuesto a esperarla para siempre. Una de las chicas había corrido a prestarle un vestido negro corto, ya que Imogen solo se había llevado unos vaqueros y una camiseta para cambiarse, y había suspirado como si hubiera querido ser ella la elegida. De pronto le habían prestado unos tacones y, entre risitas nerviosas, las chicas habían empezado a contarle quién era ese hombre. Pero Imogen, aturdida por una excitación sexual que nunca había sentido, no había prestado atención. Él la había llevado a uno de los clubs más exclusivos de París en su Ferrari negro y había sido todo un caballero mientras cenaban. Aunque tampoco es que Imogen recordara mucho la parte de la comida, ni de la conversación, en realidad. Lo que sí recordaba era cómo él había sostenido su copa de whisky mientras la observaba y cómo, después, la había llevado hasta el coche posando la mano sobre la parte baja de su espalda. Le había preguntado si le apetecía ir a su apartamento a tomar un café y ella había respondido que sí a pesar de que odiaba el café, algo de lo que se habían reído a carcajadas a la mañana siguiente.

Imogen recordó haberse sentido tremendamente nerviosa ya que se trataba de la primera vez que se había ido a casa con un hombre. El único novio que había tenido había sido un bailarín engreído y egoísta que se había acercado a ella tras un intenso ensayo cuando era adolescente.

Pero a Nadir no le había contado nada de eso. Durante el trayecto al apartamento, y mientras subían en el ascensor, él ni siquiera la había tocado y tampoco se habían dicho nada, pero un intenso deseo se había ido instalando entre los muslos de Imogen a cada piso que subían.

Por fin habían llegado. Nadir había abierto la puerta y, al pasar, Imogen había rozado accidentalmente su brazo desnudo contra el brazo de él. Solo hizo falta eso para estar perdida, para verse arrastrada en un gran remolino de fuego y deseo que había arrasado con el sentido común y la cautela.

Nadir había gemido contra su cuello y le había dicho cuánto la deseaba. Le había echado el pelo detrás de los hombros y la había besado mientras le recorría el cuerpo con las manos, le levantaba el vestido y le arrancaba la ropa interior. Impactada, Imogen había sido incapaz de hacer nada más que agarrarse a sus hombros y besarlo. El poderoso cuerpo de Nadir, tan ardiente, duro y poderoso, se había adentrado en ella. En ese momento ella había sentido cierta molestia que él debió de percibir porque había aplacado sus movimientos, pero entonces, ese cambio de ritmo la llevó al límite vergonzosamente rápido. Había gritado. Él también, y después se habían quedado en mitad del oscuro pasillo, en silencio, y respirando entrecortadamente. Él había soltado una carcajada, le había dicho que era la primera vez que le pasaba algo así, la había llevado al dormitorio y le había hecho el amor durante lo que parecieron cientos de veces más durante la noche.

–¿En qué estás pensando, *habibi*? –su profunda voz se coló en sus recuerdos y ella reaccionó. No era estúpida, sabía lo que le había estado sugiriendo y sabía que no estaba emocionalmente preparada para dar ese paso.

–En nada.

Se colocó delante de ella y la miró con intensidad. Imogen quiso desviar la mirada porque sabía que sus ojos reflejarían el mismo deseo que estaba viendo en los de él. Nadir la miró de arriba abajo y se detuvo en sus manos.

–¿Dónde está tu anillo? ¿Qué has hecho con él?

–Me lo he quitado –respondió ella con un tono más desafiante del que había pretendido.

–¿Para poder seguir fingiendo que esto no va a pasar, *habibi*?

Cuando ella no respondió, él pasó por delante y entró en su dormitorio.

–¡Nadir!

Preocupada por que despertara a la niña, corrió tras él. Con gesto adusto, Nadir le tomó la mano izquierda y le volvió a poner el anillo.

–Ahí se queda.

Imogen se resistía a ponérselo, pero él le agarró las manos y se las colocó por detrás de la espalda, haciendo que sus cuerpos entraran en contacto. El tiempo pareció detenerse mientras se quedaron mirándose. Quería decirle que la soltara y, a la vez, que la agarrara con más fuerza. Lo miró, ligeramente aturdida. Tal vez estaba perdiendo la cabeza...

–Maldita sea, Imogen, pones a prueba la paciencia de un santo y yo no soy ningún santo...

Ella había tenido toda intención de resistirse a sus besos, pero a cada instante que pasaba los deseaba más. Era una locura. Y fue glorioso cuando él bajó la boca y posó la mano sobre uno de sus pechos. Gimió y se entregó al salvaje placer de volver a estar cerca de él. Esas caricias, saborearlo, todo resultaba excitante, y no estaba segura de hasta dónde habrían llegado si no los hubiera interrumpido el llanto de Nadeena.

Impactada por su reacción, se apartó en un intento de poner algo de espacio entre los dos y de calmar su atribulada mente y su excitado cuerpo.

Nadir se la quedó mirando y, bajo esa ardiente mirada, los pechos de Imogen comenzaron a derramar leche. Avergonzadísima, se cubrió la parte delantera del vestido con las manos y corrió con su hija.

–No pasa nada, angelito, mamá está aquí –le dijo ya sentada mientras la amamantaba y avergonzada por haber caído rendida en los brazos de Nadir tan fácilmente.

Justo en ese momento él apareció en la puerta con una mirada de deseo no satisfecho.

–¿Necesitas algo? –su profunda voz llamó la atención de Nadeena, que movió los ojos intentando mirar a su padre a la vez que comía.

–No, estoy bien –aunque no lo estaba, evidentemente.

–¿Te traigo agua? He leído que las madres tienen que beber agua mientras dan el pecho.

¿Lo había leído?

—Estaría muy bien —respondió en voz baja.

Una vez le llevó el agua e Imogen se la bebió, le preguntó:

—¿Te traigo algo más?

—No, no —dijo colocándose a la niña sobre el hombro para sacarle los gases—. ¡Oh! —exclamó al notar el cálido vómito de la niña cayéndole por el hombro y el vestido—. Oh...

Imogen oyó a Nadir reírse y, por un momento, sintió ganas de echarse a reír también. Al momento Nadeena comenzó a llorar y a meterse los puños en la boca.

—¿Qué le pasa?

—Imagino que son los dientes porque no tiene la frente caliente. O puede ser que esté cansada porque es tarde. A veces cuesta saber qué les pasa a los bebés.

—No solo a los bebés.

Cuando Imogen estaba a punto de preguntarle a qué se refería, él alargó los brazos.

—Dámela.

—No, no, no pasa nada, puedo...

—Sé que puedes, Imogen, pero tienes que ir a limpiarte y yo puedo cuidarla mientras tanto.

—De acuerdo.

—Vamos, *habibi* —dijo él al tomar a la niña en sus musculosos brazos—. Vamos a calmarte.

Aunque Nadeena no dejó de llorar, Imogen corrió a ducharse. Después, y con la camiseta extra grande que había usado para dormir la noche anterior, volvió al dormitorio y se encontró a Nadir caminando de un lado a otro y cantando algo que parecía una nana árabe.

—Está casi dormida. ¿La meto en la cuna?

—Primero tengo que cambiarla.

—Ya lo he hecho yo.

–¿Sí?

–No soy un completo inútil, Imogen. Sé cambiar un pañal.

Teniendo en cuenta que era el hombre más capacitado que conocía, en realidad no entendía por qué lo había dudado. ¿Había estado esperando que la decepcionara? Porque sí que lo había hecho, lo cual no encajaba con lo que estaba pasando ahora y lo servicial que se estaba mostrando. ¿Lo hacía porque de verdad le importaba o porque quería ganársela para que se casara con él? Demasiadas preguntas y demasiadas pocas respuestas, aunque sospechaba que él no cambiaría de idea sobre lo de casarse... y lo peor de todo era que ella no quería que lo hiciera. Se le hizo una bola de emoción en la garganta. Compartir con él los cuidados de Nadeena era un sueño; toda mujer deseaba que su pareja fuera un compañero de viaje con el que ir de la mano superando obstáculos. Sin embargo, Nadir no era su pareja en ese momento y su madre le había advertido que un hombre podía interpretar un buen papel durante unas semanas, pero que después todo se venía abajo. ¿Volvería a su vida de mujeriego y se olvidaría de ellas?

–¿Imogen?

Lo miró. ¡Qué diminuta y perfecta se veía a Nadeena en sus brazos!

–Puede que necesite un poco más de leche. Lo haré en la cama. A veces es más fácil.

–¿Pero es seguro? ¿Y si te quedas dormida?

–¡Claro que es seguro! –contestó ofendida–. Yo no la pondría en peligro, Nadir.

–No estaba cuestionando tus habilidades como madre, Imogen. Yo... todo esto es nuevo para mí. Quiero que las dos estéis bien.

A Imogen le dio un brinco el corazón.

–No me quedaré dormida. Puedes marcharte.

Sus ojos se encontraron bajo la tenue luz e Imogen vio una expresión que no supo interpretar bien. Se tumbó en la cama y él le colocó a la niña en los brazos.

–Tienes el pelo mojado –le dijo Nadir refunfuñando.

–Lo sé –y cuando él empezó a acariciárselo y a colocárselo sobre la almohada, añadió–: No pasa nada. No tienes por qué hacerlo.

–Si te dejas el pelo así por la mañana lo tendrás enredado. Duérmete –añadió al sentarse en la cama–. Meteré a Nadeena en la cuna cuando termine.

–Puedo... –Imogen bostezó sin poder terminar de hablar e hizo algo que no había hecho en meses: quedarse dormida plácidamente antes de que su bebé estuviera en la cuna.

Capítulo 10

NADIR miró a la mujer que dormía profundamente sobre la cama recordando que siempre había dormido como un lirón y cómo había bromeado con ella sobre lo mucho que le costaba despertarla por la noche. En ocasiones la había despertado con besos y caricias y, en todas ellas, Imogen lo había abrazado con fuerza. Siempre se había movido con él y él había arqueado su cuerpo de un modo que sabía que la llevaría al orgasmo al instante. Ella había gemido en su oído, lo había agarrado con fuerza, le había instado a continuar y después había suspirado y se había acurrucado a él como ahora estaba acurrucando a su hija. Al verla él tuvo el anhelo de meterse en la cama y abrazarlas a las dos, pero no lo hizo. Se las veía durmiendo tan plácidamente... Se le encogió el corazón y se apartó. ¿Cómo lo había llevado la vida hasta ese punto? ¿Junto a esa mujer y a ese bebé? ¿Habría sido el destino?

Nada de eso estaba planeado, obviamente. Él siempre había creído que caminaría por la vida solo sin importarle. Después de la rígida infancia que había tenido se había asegurado de tener una existencia en la que solo tuviera que ocuparse de sí mismo. Tal vez era una actitud egoísta, pero también una que lo protegía. Pero eso ahora había cambiado. Ahora tenía una hija y una mujer de las que era responsable, y estaba decidido a formar una familia. Nada lo haría apartarse de ellas.

Con cuidado de no despertarlas, levantó a Nadeena y se maravilló ante lo pequeña y delicada que era. Acercó la cabeza a su pelito oscuro e inhaló su dulce aroma a bebé. Sonrió al recordar que Imogen había intentado disuadirlo de que se casaran diciéndole que los bebés olían. Sí, olían, pero bien. Además, eran mucho más ricos de lo que se había fijado nunca, pensó cuando la tendió en la cuna y la pequeña se estiró y movió su diminuta boca mientras seguía durmiendo.

Satisfecho de no haberla despertado, se giró hacia Imogen. Si hubiera estado con ella en la cama, tendría su pierna sobre sus caderas y su miembro estaría erecto probablemente. La deseaba y no le importaba admitirlo. El sexo era algo saludable, normal, pero en el fondo sabía que lo que sentía por ella iba mucho más allá. Por una vez no intentó evitar pensar en París, en lo relajados y contentos que habían estado el uno al lado del otro. ¿Contentos?

¿De verdad lo había estado cuando habían paseado del brazo por la ciudad como cualquier otra pareja? Recordó haber aislado esos sentimientos y haberse centrado en el sexo y la pasión. Pero ahora que echaba la vista atrás podía ver que en su compañía se había sentido completamente cómodo y relajado. Y contento. De pronto lo invadió un pensamiento: no quería que ella tuviera que soportar su matrimonio, quería que lo deseara. Quería que lo deseara a él.

Por primera vez se preguntó si estaba haciendo lo correcto al obligarla a casarse, pero ¿qué otra cosa podía hacer?

Imogen emitió un sonido, como si estuviera teniendo una pesadilla, y gritó su nombre. Él se quedó paralizado y en su mente la vio levantarse con la camiseta por encima de sus esbeltas piernas y rodearlo por el cuello y besarlo, tal como había hecho muchas veces en el pasado. Por supuesto, ahora no lo hizo, aunque sí que volvió a llamarlo.

–¿Imogen? Estás soñando, *habibi*.

–¿Dónde estoy? –preguntó aturdida.

–No pasa nada, estás en Bakaan.

Ella se incorporó. No llevaba sujetador y Nadir no pudo evitar fijarse en el movimiento de sus pechos.

–Imogen –su nombre sonó como un gemido.

¡Cuánto la deseaba! Más de lo que había deseado a ninguna mujer en su vida. Con delicadeza, le agarró la mano, la puso de rodillas sobre la cama y le dio un dulce beso. Necesitaba a esa mujer y, por primera vez, no le preocupada admitirlo. Algo había estado cambiando lentamente en su interior desde que se habían reencontrado. Era como si una pieza de su vida hubiera encajado en su sitio.

Sin querer despertar a Nadeena, interrumpió el beso, la tomó en brazos y salió del dormitorio.

–¿Nadir? –ella se rio mientras la dejaba en el suelo sin llegar a soltarla del todo.

–Quiero hacerte el amor, Imogen. Quiero llevarte a mi cama y demostrarte lo bien que esto puede funcionar entre los dos. Lo bueno que puede volver a ser.

Ella, con las mejillas encendidas, abrió los ojos de par en par. Nadir deseaba besarla. Y lo hizo.

En cuanto sus bocas se tocaron, Imogen sintió cómo su cuerpo se encendió y todos los pensamientos del pasado y del futuro se disolvieron. ¿Cómo era posible sentir tanto por una persona? ¿Querer tanto de una persona? Pero entonces ya no pudo pensar más. Solo sentir.

Gimiendo, le agarró del pelo mientras dejaba que su cuerpo se derritiera contra el de él. Eso era lo que había deseado durante tanto tiempo; ese placer que solo él podía darle.

Empujada por un intenso deseo, agarró los metros de tela de la túnica y sintió cómo él se giraba y la llevaba contra la pared mientras le subía la camiseta y le bajaba la ropa interior. Después, casi se derritió cuando Nadir deslizó una mano entre sus piernas y sus dedos la acariciaron.

–Nadir...

–Imogen, *habibi*, me vuelves loco...

Hizo intención de moverse, pero él coló una rodilla entre sus muslos para sujetarla mientras se apartaba la túnica con la otra mano. Al momento, Nadir la colocó sobre él y se adentró hasta lo más profundo de su cuerpo, y por un instante los dos se quedaron inmóviles y asimilando la exquisita sensación de estar tan unidos.

Después él hundió una mano en su pelo y tiró de él hasta que sus ojos se encontraron. Los ojos brillaban con un deseo que hizo que la recorriera un cosquilleo.

–¿Estás bien? –le preguntó jadeando como si no pudiera contenerse–. Quiero decir, has tenido un bebé hace poco y...

Imogen lo rodeó por la cintura con las piernas. Ahora que se había entregado por completo, lo único que podía hacer era dejar que ese fuego que tenía dentro la consumiera.

–Estoy bien. Por favor, Nadir...

Él la besó con fuerza y hundió la lengua en su boca mientras se movía poderosamente dentro de su cuerpo. Al instante Imogen sintió un exquisito orgasmo, esa sensación que solo había experimentado en sus brazos, mientras sus bocas se fundían en una. Abrió los ojos y lo vio observándola. Echó la cabeza atrás y dejó que el éxtasis la recorriera en forma de largas y exquisitas palpitaciones. Unos segundos después, los movimientos de Nadir se volvieron casi brutales justo antes de que él echara la cabeza atrás también y gritara su nombre.

–¿Estás bien? –le preguntó Nadir de nuevo, ahora con la cabeza apoyada en su cuello.

–Sí, desentrenada, pero bien.

Nadir, aún dentro de ella, le alzó las piernas, que seguían rodeándolo por la cintura.

–No estás desentrenada, *habibi*. Estás perfecta.

–¿Adónde vamos? –le preguntó cuando él salió al pasillo con ella en brazos.

–A mi cama.

–¿Y qué pasa con Nadeena?

–Dejaré la puerta abierta –entró en el dormitorio y ni se molestó en encender la luz antes de dejarse caer en la cama con ella.

Imogen echó atrás la cabeza y sintió la seda de la colcha contra la piel de su espalda. Una parte de ella sabía que debía levantarse de ahí, pero su cuerpo estaba en llamas y un renovado deseo la recorría haciendo que lo único que quisiera fuera abrazarse a Nadir y no pensar en nada más. Aunque tampoco se podía decir que Nadir le estuviera dando tiempo de pensar mientras la recorría con la boca desde la clavícula hasta sus pechos. Antes de que pudiera protestar, le quitó la camiseta y la tiró al suelo.

–Esta vez vamos a hacerlo un poco más despacio, y hasta puede que con un poco de finura.

Imogen se rio y de pronto sintió vergüenza al darse cuenta de adónde estaba dirigiendo su boca.

–Nadir, para. Mis pechos ya no son lo que eran ahora que estoy dando de mamar.

Él le apartó las manos y le acarició los pechos. Ella sintió sus pezones erguirse contra su tacto.

–No me importa. Eres preciosa, Imogen –bajó la cabeza y acarició un pezón suavemente con su lengua haciéndola gemir de placer. Sonrió–. Me encanta que le des el pecho a nuestra hija. Y me encanta que tus pezones estén un poco más oscuros que antes. Me encanta cómo sabes.

Perdida en sus palabras y sus caricias, Imogen alzó los brazos para aferrarse a sus vigorosos hombros. Era ese lado varonil combinado con elegancia y sofisticación lo que tanto le había atraído siempre de él. Olvidando el pasado, respiró hondo.

–A mí también me encanta cómo sabes. Quítate la túnica. Quiero sentirte contra mí.

En cuestión de segundos, Nadir estaba inclinado sobre ella... desnudo. A Imogen se le cortó la respiración al ver su miembro erecto contra su abdomen. Qué viril era.

–¿Te gusta lo que ves, *habibi*?

–*Comme ci, comme ça* –respondió fingiendo un bostezo.

Él le separó los muslos con las rodillas.

–Te voy a dar yo a ti *comme ci, comme ça* –le susurró alzándole las nalgas antes de penetrarla. Gimió–. Iba a tomármelo con calma, pero... ahora solo quiero estar dentro de ti y hacerte gritar. ¿Cuánta finura tiene eso?

–La finura está terriblemente sobrevalorada –respondió Imogen con la voz entrecortada mientras él se adentraba en ella una y otra vez.

–Dime si estoy siendo demasiado brusco.

–No. Dame más. Quiero más.

–Imogen, *habibi* –sus palabras comenzaron a mezclarse con palabras en árabe mientras la tomaba y hasta que sus cuerpos se separaron tras otro abrumador orgasmo.

Finalmente saciado, Nadir se agachó y la besó. Después se tumbó boca arriba y la abrazó. Era como si el tiempo no hubiera pasado, aunque la realidad era que sí que había pasado formando un profundo abismo.

–¿Qué? –preguntó él al sentir su tensión.

–Debería volver con Nadeena.

–Quédate. He echado de menos tenerte así, acurrucada a mí.

Esa declaración la dejó impactada e ilusionada.

–Yo también –respondió y sintió cómo Nadir la besaba en el pelo.

–Pues entonces duérmete. Yo iré a ver a Nadeena en un minuto.

Imogen quiso protestar, quiso decir que debía hacerlo ella porque Nadeena era su responsabilidad, pero esa maravillosa sensación de sentirse cuidada y rodeada por los cálidos brazos de Nadir resultaba demasiado adictiva como para resistirse a ella.

Capítulo 11

O PODRÍA haber sido adictiva de haber continuado, pensó Imogen desanimada. Habían hecho el amor dos veces más durante la noche y él la había acariciado como si no pudiera hartarse de ella, pero por la mañana se había despertado y no había encontrado a Nadir allí.

Al principio se había estirado sin más mientras recordaba la sensualidad de la noche anterior, pero al instante se había dado cuenta de que era la primera vez que dormía tanto desde que se había quedado embarazada, y había salido corriendo de la cama ataviada solo con una camiseta para ir al fondo del pasillo a buscar a Nadeena. Pero la niña no estaba en la cuna.

Aterrada, había corrido al salón y se había encontrado a Tasnim y a Maab sentadas a la mesa con ella. Aliviada, había tomado en brazos a su hija y había mirado alrededor en busca de Nadir. Tasnim le había dicho que él le había dado un biberón a la pequeña y que le había dado órdenes de no despertarla a menos que fuera absolutamente necesario. Después, Imogen se había sentado a darle el pecho a la niña y había esperado a que Nadir volviera, sonriendo mientras pensaba que, tal vez, se había apresurado al marcharse de París catorce meses atrás; que, tal vez, se había equivocado al no darse cuenta de que él querría lo que fuera mejor para las dos.

Esos habían sido los pensamientos de hacía un día; ahora, día y medio después, estaba deseando haberse marchado más lejos aún catorce meses atrás y que él jamás la hubiera encontrado porque, exceptuando una nota diciendo que llegaría tarde la noche anterior, no había vuelto a saber nada de él. Miró el anillo preguntándose por qué lo llevaba puesto aún. Su corazón se había abierto un poco cuando él la estaba acariciando, besando, haciéndole el amor, pero el comportamiento de Nadir de los últimos dos días había hecho que ese corazón volviera a sellarse. ¡Y pensar que había creído que se estaba enamorando otra vez de él!

Y, sí, en cierto modo sabía que estaba siendo injusta con él porque en ese momento tenía muchos asuntos que atender en Bakaan, pero por otro lado sabía que era una señal de cómo sería su vida y no le gustaba. Ella quería más de la relación.

Si Nadir creía que darle unos orgasmos extraordinarios bastaría para que acatara todos sus deseos, estaba muy equivocado, sobre todo ahora que había tenido un par de días para asimilar la noticia de que se casarían a final de semana; noticia que le había comunicado Tasnim al preguntarle qué estilo de vestido le gustaría llevar para la boda.

Un leve sonido tras ella y un sutil cambio en el aire le hicieron saber que Nadir estaba allí. Se puso derecha. Estaba decidida a mostrarse muy digna a pesar de cómo le latía el corazón.

Él se acercó con la tradicional túnica blanca que realzaba su piel bronceada y ensalzaba su perfección física.

–¿Dónde está Nadeena? –le preguntó con aspecto de cansancio.

–Está echando la siesta.

–¿Ha estado bien?

–Genial.

–Entonces, eres tú, ¿qué pasa?

–¿Qué podría pasar?

Nadir desconocía qué era, pero sabía que algo iba mal. Había pasado los dos últimos días reunido con miembros de los Emiratos decidiendo la futura entrada de Bakaan en la federación y estaba exhausto ya que había supuesto una dura tarea dadas las sospechas iniciales de los miembros, después de que el padre de Nadir hubiera estado tantos años alejado de alianzas políticas y económicas y convirtiendo al país en una especie de lobo solitario. La reforma sería lenta, pero muy satisfactoria una vez comenzara a surtir efecto. Por otro lado, todo eso debía de haber sido trabajo de Zach, que seguía sin responder a ninguna de las llamadas.

Ahora tenía que viajara a Sur, una ciudad el norte, a presentar los términos del acuerdo ante las tribus que aún tenían mucha influencia sobre algunos sectores de Bakaan, pero primero había querido pasar a ver a Imogen y a Nadeena. Cuando había vuelto tarde la noche anterior, y a pesar de haber enviado una nota informando a Imogen, se había sentido algo decepcionado al encontrarla ya durmiendo. Y no en su cama. Había dado por hecho que, después de aquella noche que habían pasado juntos, las cosas mejorarían entre los dos, pero ahora que veía lo seria que estaba, sabía que había cometido un error al pensarlo.

–No sé qué es, Imogen, pero algo pasa.

Ella se encogió de hombros y apretó los labios.

–¿Recibiste mi mensaje anoche?

–Sí.

–Pero lo ignoraste.

—Estaba cansada y, de todos modos, ¿de qué me habría servido esperar?

Él apenas resistió la tentación de tomarla en sus brazos y demostrárselo.

—Después de la noche que pasamos juntos pensé que no te haría falta preguntar eso.

—Solo fuimos dos personas dejándonos llevar. No significó...

—No digas «nada», Imogen. No, a memos que quieras que te demuestre cuánto significó.

—¿Has venido aquí por algo? ¿Ya ha vuelto tu hermano?

—No, por desgracia. He enviado un convoy a buscarlo. Mientras tanto, tengo que convencer a nuestros líderes tribales del norte de que esta unión beneficiará a Bakaan.

—Pues será mejor que te vayas porque suena complicado —respondió girándose como si tuviera montones de cosas mejores que hacer.

—Podrías mostrar un poco más de interés.

—¿Qué quieres que te diga? ¿Buena suerte?

Nadir la agarró de los brazos.

—¿Qué pasa, *habibi*? ¿Te ha molestado algo?

—Tú no me hablas de nada, ¿por qué voy yo a hablar contigo? Para ti solo somos un problema.

—Eso no es verdad. Ahora mismo no tengo mucho tiempo.

—¿Y cuándo lo vas a tener? Nunca. Si este matrimonio sigue adelante...

—Lo hará.

—Eso he oído. Dentro de cinco días, al parecer. Habría estado bien que me lo dijeras. ¿Y si hubiera querido invitar a algún amigo para que me acompañara?

–Invita a quien quieras. Y creí que te lo había dicho. Lo ha decretado el Consejo.

–Como si lo ha decretado la reina de Inglaterra. Lo último que quiero es un marido que esté siempre fuera divirtiéndose sin su familia. Si Nadeena llega a enterarse de tus aventuras, te las verás conmigo.

–No habrá ninguna aventura.

–Ya, claro, tantos viajes y reuniones... ya sé cómo funciona. ¿Y si algún día te enamoras? ¿Qué pasará entonces?

–Eso no pasará –respondió él apretando los dientes.

–Vamos, Nadir. Entiendo que tienes gente importante esperándote.

No había duda de que los emires que lo esperaban eran importantes, pero también lo era ella, y no quería volver a pasar otra noche alejado de Imogen.

–La verdad es que no. He cancelado mis otras obligaciones.

–¿Ah, sí?

No, pero lo haría. Era solo una mentira piadosa, aunque, ¿qué hacía él diciendo mentiras? Las odiaba y odiaba a los mentirosos, pero ahí estaba, mintiendo porque sabía que, si no lo hacía, le haría daño. De todos modos, Omar podría viajar al norte con los emires, estaba preparado para ello y él aprovecharía para hacer balance de todo lo que estaba sucediendo en Bakaan.

Notó que ella intentaba soltarse, pero deslizó las manos sobre sus brazos y sintió que se le había puesto la carne de gallina. Intentando controlarse, saboreó sus labios, tomó su labio inferior entre sus dientes y lo succionó rítmicamente hasta que la oyó gemir. Ese pequeño sonido siempre lo derrumbaba; se acercó más y sintió sus suaves curvas cediendo ante la dureza de su cuerpo.

–Y te voy a llevar a cenar. Hay un grupo de baile de danzas tribales y actúan esta noche. Puede que haya otros líderes presentes, pero yo he reservado una mesa privada –otra mentira piadosa.

Capítulo 12

NADIR esperó a que Imogen volviera del lavabo y pensó que, si alguien más se acercaba a su mesa, haría que los encerraran por pesados. Por supuesto, no era únicamente él en quien estaban interesados. Ella, con su melena rubia y su elegancia natural, sin duda sería la Jackie Kennedy de Bakaan si él se convirtiera en rey, algo que todo el mundo daba por hecho.

Suspiró y vio cómo Imogen se abría paso entre la multitud; había elegido un *abaya* tradicional y él no había ignorado lo considerada que había sido al hacerlo. Sonrió al recordar la otra noche; estaba deseando que terminara la velada para volver a disfrutar de ella.

—Vaya, esto tiene una pinta deliciosa. Espero que no me hayas esperado para empezar.

—Claro que he esperado.

—Pues gracias —se inclinó hacia delante para oler la comida y, cuando cerró los ojos y una expresión de absoluta felicidad recorrió su rostro, él tuvo que contenerse para no ordenar que les prepararan el coche—. ¿Eso que huelo es cardamomo y canela?

—Y vainilla y miel —como su piel.

Conteniendo su apetito sexual, Nadir se centró en la comida. Durante la siguiente hora comieron y charlaron y, cuando comenzó la música, les dieron un lugar privilegiado para disfrutar del espectáculo.

–¿Qué es ese instrumento? –le preguntó ella acercándose tanto que pudo sentir su cálido aliento.

Nadir giró la mirada y sus bocas quedaron separadas por escasos centímetros. Pensó en besarla, pero sabía que no podía, en Bakaan las muestras de afecto públicas eran consideradas delito. Así que, en lugar de eso, inhaló su perfume y se recordó que era un hombre con un gran autocontrol.

–¿Cuál?

–El que tiene ese hombre sobre el regazo que parece un harpa.

–Un *qanun*.

–Es precioso –contestó ella sonriendo.

No, ella sí que era preciosa, y él se preguntó cómo su corazón podía estar tan relajado cuando su hermano seguía desaparecido y los insurgentes estaban amenazando con desbaratar la industria en el norte.

Imogen seguía el ritmo de la música con los pies y el bailarín principal se percató.

–¿Le gustaría a la nueva *Sheikha* unirse al baile?

A Imogen se le iluminó la cara y, sorprendiendo a todos los que la pudieron oír, respondió:

–*Shukran*.

Cuando el público vio lo que estaba pasando comenzó a aplaudir y las bailarinas rodearon a Imogen. Tras saltarse un paso, comenzó a reírse y los bailarines se quedaron encantados con su naturalidad. Mientras, Nadir se tensaba pensando si los hombres que la estaban viendo estarían sintiendo tanto deseo por ella como él. Inmediatamente después pensó que debería ir por ella y llevársela de vuelta al palacio. A su cama.

Llegó el momento de que los hombres se unieran al baile y todos miraron a Nadir con gesto de esperanza porque su padre jamás se había mezclado con el pueblo.

Si él tuviera que ocupar el trono, no gobernaría de ese modo, y tampoco lo haría su hermano Zach.

Fue entonces cuando se dio cuenta del baile que iban a representar. Era el baile que hacía un hombre cuando estaba cortejando a una mujer y su primer instinto fue retirarse, pero entonces vio la figura de Imogen contoneándose y cambió de opinión. Se colocó frente a ella. Nunca lo había bailado, pero sí que lo había visto muchas veces de niño. Ella lo miró con timidez. ¿Sabía lo que representaba esa danza? ¿Que simbolizaba el amor inmortal? Era eso lo que estaba sintiendo él, ¿amor? Descartó la idea inmediatamente. Él jamás había buscado el amor porque, tal como había aprendido de primera mano, los sentimientos profundos llevaban a errores graves y a él le gustaba tener la mente bien clara y despejada. No quería amor de Imogen, le bastaba con que fueran compatibles en la cama, que disfrutaran de la compañía mutua.

–Vámonos de aquí –le susurró al oído.

Ella lo miró con los ojos como platos y él la besó antes de sacarla de la pista de baile entre las miradas de impacto de sus compatriotas. En Bakaan las cosas iban a cambiar muy pronto.

Imogen podía sentir la tensión que irradiaba del gran cuerpo de Nadir y el deseo comenzó a recorrerla. Había imaginado que esa danza sería alguna especie de ritual de cortejo y se había preguntado si Nadir lo habría bailado con alguna otra mujer. Quería preguntárselo, pero no lo haría.

En lugar de eso pensó en lo encantada que se había mostrado la gente al verlo y se preguntó por qué no quería ser rey. Desempeñaría un papel excepcional. ¿Era por su padre? ¿Por su hermana?

–¿Lo has pasado bien?

–Sí.

–Te estás mordiendo el labio. ¿Qué pasa?

Imogen miró al conductor.

–Nada.

–Ya sé que «nada» significa «algo».

–No eres tan listo –le dijo sonriendo, aunque sí que lo era y resultaba un poco desconcertante ver lo mucho que la conocía.

Una vez llegaron a palacio, y después de haber ido a ver a Nadeena, entraron en la suite y Nadir le preguntó:

–¿No quieres hablar de nada?

Imogen suspiró.

–De acuerdo. Me preguntaba por qué no quieres ser el próximo rey de Bakaan y por qué, en cuanto te pregunto algo personal, te niegas a hablar.

–Dirijo una gran organización que ya está resintiéndose por mi ausencia, no tengo tiempo para dirigir Bakaan también.

–Una vez me dijiste que te encanta comprar empresas que están al borde del colapso y convertirlas en algo maravilloso y, por lo que sé, Bakaan se encuentra en una situación idéntica. Si te sirve de algo, te diré que eres un líder nato y que la gente te adora. Podrías hacer este trabajo con los ojos cerrados.

–No es cuestión de capacidad. Sino... Nunca pensé que tendría que hacerlo. ¿Y qué pasa contigo? Eso te convertiría en mi reina y no creo que te haga mucha ilusión ese papel.

–Sinceramente, no lo sé. Siempre pensé que algún día abriría un estudio de baile y aquí las mujeres parecen estar muy contentas.

–En cierto aspectos, sí, pero la igualdad para las mujeres es una de las reformas clave que Zach y yo hemos discutido, junto con una mejor infraestructura social que convertiría a Bakaan en un lugar que la gente querría visitar y en el que querría invertir –se detuvo al darse cuenta de que estaba poniéndole demasiado pasión al discurso–. Zach será un gran regente. Y tú, sin duda, deberías abrir un estudio. Eres una bailarina maravillosa.

–¿Aceptarías tener una esposa que se ganara la vida bailando?

–¿Por qué no?

–Tal vez porque eres un príncipe que ha estudiado en Harvard y que habla nueve idiomas.

–¿Y por qué iba a importar eso?

–No lo sé, pero importa.

–A mí no. ¿Quién ha hecho que te sientas mal con tu profesión? ¿Tu padre?

–¿Por qué dices eso?

–Mi jefe de seguridad habló con él cuando te estaba buscando y, en mi opinión, un hombre que no sabe el paradero de su hija, no puede ser un buen padre.

–No lo fue, y no, nunca aprobó mi profesión. Unas veces era un tirano y otras no se preocupaba por nada. Me resultaba muy desconcertante cuando era pequeña.

–Te entiendo... Yo me marché de casa con quince años y me fui al Caribe a trabajar de camarero en un club de strip-tease.

–¡No me lo creo! –dijo con los ojos como platos–. ¿En serio?

Él se rio a carcajadas.

–Y no era precisamente el mejor establecimiento de la calle. Después me puse a trabajar de albañil en Estados Unidos y comencé a ganar dinero jugando al póquer por Internet.

–Estoy... asombrada –eso hacía que su carrera en el

Moulin Rouge pareciera cosa de Disney–. Veo que tu padre y tú no estabais unidos.

–Al principio sí, yo era su heredero. El niño de oro. Para mi padre, yo nunca hacía nada mal –se detuvo antes de añadir–: Pero entonces empecé a hacerlo.

Clavó su mirada azul grisácea en ella como desafiándola a preguntarle qué había hecho para dejar de ser el hijo predilecto.

–¿Es que no quieres preguntarme qué hice? –preguntó, claramente con profundo dolor.

Ella quería acercarse y reconfortarlo, pero no sabía cómo reaccionaría él.

–Solo si tú quieres contármelo.

–Cuando tenía quince años, mi madre y mi hermana gemela murieron en un accidente de coche porque los soldados de mi padre estaban persiguiéndolas.

–¡Oh, Nadir, es terrible! ¿Y por qué hicieron eso?

–Mi hermana padecía el síndrome de Tourette y mi padre nunca lo aceptó. Según fue creciendo, mi madre vio que en Bakaan no podía tener una buena vida y quiso llevarla a Europa. Mi padre se negó a pesar de que estaban divorciados y ella decidió hacerlo en secreto. Yo iba a ir con ellas, pero sabía que mi padre se enfadaría y no me fiaba de lo que podía llegar a hacer una vez lo descubriera.

–¿Fuiste con ellas?

–No. Egoístamente, no quería que se marcharan y se lo conté a mi padre. Mandó a sus hombres y mi madre perdió el control del coche en una pendiente. Murieron al instante, o eso me dijeron. Al menos, eso me reconfortó un poco.

Imogen apenas podía moverse, no sabía qué decir. Se acercó y lo observó con lágrimas en los ojos porque sentía demasiado por él y quería librarlo de todo ese dolor.

–Después mi padre se negó a darles un funeral de estado.

–¿Por qué?

Nadir respiró hondo y ella supo que estaba conteniendo las emociones.

–Dijo que le habían faltado al respeto y deshonrado y, a día de hoy, no tienen ni lápidas.

Sin pensarlo, ella posó una mano sobre la suya. Estaba fría.

–¿Por eso te marchaste de aquí cuando tenías quince años?

–Sí. Discutimos por ello y, como me enfrenté a él, renegó de mí y me marché.

–Nadir, sabes que no puedes culparte por lo que pasó. Solo eras un niño.

Con cuidado, él sacó la mano de debajo de la suya.

–Tenía quince años. Ya podía haber sabido muy bien lo que sucedería –dijo con amargura.

–No, no eras tan mayor como para poder haberlo imaginado –y lo sabía porque con quince años ella había visto a su padre con otra mujer y no había sabido qué hacer. Al final no se lo había dicho a su madre porque había sabido que le partiría el corazón, pero su padre había dado por hecho que se lo había contado y las había abandonado de todos modos.

Nadir se apartó de ella y se echó en el sofá.

–Ni siquiera sé por qué te he contado esto, así que, por favor, ahora no vayas a tratarme con condescendencia para intentar hacerme sentir mejor. Nada hará que me sienta mejor. Fui un idiota egoísta.

–Eras un adolescente normal que intentaba que su mundo se mantuviera intacto.

–Imogen...

–No, hablo en serio. Sé cuánto te duele, ¿pero cuánto

tiempo vas a estar castigándote por los actos de un hombre que era un adulto y que se debería haber comportado mejor?

–Sabía que iría tras ellas... –su voz pareció salir de un lugar muy profundo y oscuro.

–Nadir, las querías y, por lo que parece, tu lealtad estaba dividida. No es bueno que unos padres les hagan eso a sus hijos, tengan la edad que tengan.

–El egoísmo no tiene justificación.

–Tal vez no fuiste tú el egoísta. Tal vez lo fueron tus padres.

Él la miró como si nunca se hubiera planteado eso.

–¿Fuiste a terapia?

–Sí, claro –respondió soltando una carcajada–. El centro se llamaba El Pony Pintado.

–No hablo del club de strip-tease, aunque seguro que tuviste a muchas chicas dispuestas a ofrecerte un hombro sobre el que llorar.

–Por desgracia, no lloro.

–¡Qué sorpresa! En serio, odio pensar que sigas culpándote por algo que no fue culpa tuya.

–Y yo odio pensar que vamos a desperdiciar toda una noche mientras Nadeena duerme recordando un hecho que es mejor olvidar.

–Dime una cosa. Si Nadeena hubiera cometido un error como el que tú crees que cometiste, ¿te gustaría que se castigara para siempre?

–Eso no es justo.

–A lo mejor eres tú el que está siendo injusto contigo mismo.

Sin pensarlo mucho, se acercó y lo abrazó. Él se quedó quieto, pero no se apartó.

–Creo que tu madre y tu hermana querrían que fueras feliz, ¿no?

Él dejó escapar un sonido grave que sonó como el que habría emitido un animal herido, y a ella se le encogió el corazón. Actuando por puro instinto, deslizó las manos por sus amplios hombros y se pegó a él aunque sabía que su mente estaba en otro sitio. En un sitio negativo.

Justo cuando estaba a punto de retroceder para darle algo de tiempo, él hundió las manos en su pelo y la besó con un deseo que la paralizó. Asombrada, tiró de su túnica y gimió con frustración al no encontrar acceso.

—Estas cosas no están diseñadas para un fácil acceso, ¿verdad?

Nadir se sacó la prenda por la cabeza y ella oyó cómo una de las costuras se abrió. Temblando de excitación, Imogen hundió los dedos dentro de la cinturilla de sus calzoncillos, pero él le apartó las manos para poder desnudarla. Para Nadir la delicada *abaya* que Imogen había elegido suponía todo un obstáculo y, así, mientras maldecía en árabe, agarró el cuello de la prenda y la rasgó hasta la cintura. Con sus pechos expuestos ante su mirada y sus manos, Imogen sintió sus pezones erguirse mientras él agachaba la cabeza para tomar uno en su boca. Ella hundió los dedos en su cabello y respiró hondo mientras él movía los dedos entre sus muslos.

—Muy húmeda —murmuró agarrando sus caderas y trazando una línea de besos desde su ombligo.

—Nadir...

No pudo terminar la frase porque él le quitó la ropa interior y comenzó a acariciarla entre los muslos. Ella, gimiendo de deseo, posó las manos sobre sus hombros y lo vio colocar la cara entre sus muslos y acariciarla con la lengua. Gritó de placer.

—Imogen —dijo Nadir alzando la cabeza y besándola por la pelvis—, tu sabor me vuelve loco.

Al verlo arrodillado sobre la alfombra y con el pecho descubierto, ella respondió:

—Yo también quiero saborearte.

Se puso de rodillas mientras él se ponía en pie ante ella y le bajó los calzoncillos. Como siempre, verlo tan excitado e imponente la hizo detenerse un instante.

—Tócame, *habibi* —le susurró con la voz ronca de deseo y las manos enredadas en su pelo.

Ella deslizaba las manos por su miembro a la vez que lo acariciaba con la lengua. Él esperó unos segundos antes de tomar el mando y tenderla sobre el suelo. Al instante estaba sobre ella y los únicos sonidos que rompieron el silencio fueron los de sus respiraciones entrecortadas mezclándose entre sí.

—Mírame, *habibi*. Me encanta mirarte a los ojos cuando estoy dentro de ti.

—Nadir, por favor... —Imogen echó la cabeza atrás cuando él se adentró en ella sin saber si tenía los ojos abiertos o cerrados porque estaba en otro mundo y, cuando él la besó, no pudo contenerse y, con sus lenguas entrelazadas, dejó que un intenso orgasmo la recorriera.

Incapaz de resistirse, Nadir echó la cabeza atrás y gritó de placer. En ese momento Imogen supo que haría lo que fuera por ese hombre, que lo seguiría a cualquier parte. Que lo amaba completamente. ¿De verdad se había enamorado de él otra vez? No, no se había vuelto a enamorar porque la realidad era que nunca había dejado de amarlo.

—¿Estás bien? ¿Imogen, te he hecho daño?

«Aún no...».

—No —respondió tendida a su lado sobre la alfombra de seda persa—. Estoy bien.

—¿Seguro? ¿No he sido demasiado brusco? —le preguntó acariciándole la mejilla–. Imogen, me estás asustando –añadió cuando ella no respondió y captó su tensión.

–Lo siento, estoy bien, solo estaba pensando... estaba pensando que esto...

–No hace más que mejorar y afianzarse –terminó él sonriendo.

¿Sentiría lo mismo? ¿Era posible que él también estuviera enamorado?

–Sí –susurró Imogen con un nudo en la garganta.

–Sí. Cada vez que hacemos el amor, te deseo más y no pensé que eso fuera posible. Nunca me había pasado antes. Este sexo es... ardiente... –la besó–. Sexo increíble –la besó de nuevo–. Sexo alucinante –sonrió.

Imogen hundió la cara en su cuello. ¡Nadir solo se refería al sexo y ella había estado a punto de expresarle sus sentimientos!

–Y tú sientes lo mismo –añadió con profunda satisfacción en la voz.

Imogen apartó a un lado sus sentimientos y sonrió aun sabiendo que no era un amor correspondido. ¿Qué conseguiría diciéndole lo que sentía? Solo haría que la situación se volviera incómoda para los dos. No, lo mejor era mantenerlo en secreto.

Capítulo 13

IMOGEN se despertó lentamente y sintió el sol sobre su rostro. Estaba felizmente relajada hasta que se dio cuenta de que se encontraba sola en el dormitorio de Nadir. Se había vuelto a marchar. Aún no acostumbrada a tener ayuda con Nadeena, salió corriendo de la habitación y solo se detuvo lo justo para ponerse una bata. Era la bata de Nadir, y olía a su mezcla especial de masculinidad y especias picantes. Intentando ignorar cómo ese olor hacía que la invadiera un cosquilleo, recorrió el pasillo de mármol y entró en el salón. Al verlo vacío, corrió hacia la terraza. Oyó la contagiosa risa de su hija y, esperando encontrarse a la entregada Maab jugando al cucutrás con la niña, de pronto el corazón le dio un brinco al ver que era Nadir el que estaba jugando ella junto a la piscina. Medio escondida tras una enorme palmera, vio a Nadir lanzando a Nadeena al aire y agarrándola justo cuando los piececitos de la niña tocaban el agua; sus bíceps se estiraban y tensaban con un movimiento fascinante mientras Nadeena gritaba de alegría y se abrazaba a su cuello.

Le parecía imposible que solo unos días antes hubiera sido un mujeriego egoísta adicto al trabajo y le costaba comprender que un mismo hombre pudiera sentirse tan cómodo presidiendo un comité lleno de líderes mundiales como haciendo pedorretas en la barriga de un bebé.

Resultaba tierno verle sujetándola sobre el agua y susurrándole palabras en su lengua nativa. Después de la noche anterior sabía que era un hombre con sentimientos profundos y se sentía muy mal por él; por la tragedia que había sufrido y por el hecho de que creyera que era el culpable. También se sentía fatal por haberle ocultado el nacimiento de Nadeena y por no haber planeado decírselo nunca. En su defensa debía decir que había creído que estaba actuando por el bien de su hija, pero verlos juntos durante los últimos días le había demostrado que se había equivocado. Se le hizo un nudo en la garganta.

–¡Imogen, *habibi*!

Al verla, Nadir se acercó al borde de la piscina y Nadeena dio saltos en sus brazos sonriendo.

–La he estado enseñando a nadar y se le da muy bien.

–Solo tiene cinco meses, eso no se puede saber.

–Yo sí lo sé. Y he leído que cuanto antes acostumbres a un bebé al agua, mejores son, y a ella le encanta.

–¿Tiene que comer?

–Tal vez –la miró de arriba abajo–. ¿Vienes directa de la cama, *habibi*?

El modo en que dijo «cama» la hizo sonrojarse y se sorprendió por las reacciones tan viscerales que tenía ante ese hombre. No tenía más que mirarla y ella, encantada, haría lo que él quisiera y siempre que quisiera. ¿Le extrañaba haber vuelto a enamorarse de él? Sabía que había sido tonta al pensar que podía estar cerca de un hombre tan viril y no desear más.

–¿Tú tienes hambre? –le preguntó saliendo de la piscina con Nadeena agarrada a su hombro–. Hay bollos y fruta fresca en la mesa y también té.

–Gracias –se quedó atónita cuando él la besó en los labios.

–*Sabah el kheer*. Buenos días, preciosa –le dijo con una sexy sonrisa.

–Buenos días a ti también –respondió tragando el nudo que seguía teniendo en la garganta.

Se sentó en una silla y se puso a Nadeena en el pecho mientras Nadir se sentaba a su lado y hacía unas llamadas. No podía dejar de mirarlo, vestido únicamente con un bañador negro.

Cuando Nadeena terminó de comer, él hizo un chiste sobre su técnica para sacarle los eructos y dio un pequeño paseo por la terraza con ella en brazos.

Sabiendo que no había un modo sencillo de decir lo que tenía que decir, Imogen decidió ir directa al grano.

–Nadir, siento no haber intentado ponerme en contacto contigo cuando nació. Estuvo mal por mi parte. Ahora lo entiendo.

Nadir se quedó quieto, como si no se hubiera esperado esa disculpa.

–Yo no estuve nada bien cuando me enteré de que estabas embarazada. Y no te culpo en absoluto por haberte marchado. ¡Yo también tendría que haberlo hecho!

–Gracias por decir eso, pero debería haberme esperado, al menos, a hablar contigo.

–Pero yo no estaba allí, *habibi*, y tampoco te dije cuándo volvería.

–Lo sé, pero...

Nadir se acercó y la rodeó por la cintura con el brazo con el que no estaba sosteniendo a su hija.

–Soy yo el que te debe una disculpa, Imogen. Fui yo el que te falló cuando más lo necesitabas.

–No...

La besó mientras Nadeena daba palmas.

–Sí. No debería haberte abandonado –le dijo con la voz cargada de emoción.

–Te quedaste impactado con la noticia.

–Y tú también debiste de quedarte así.

–No pensarás que lo hice deliberadamente, ¿verdad? ¿No pensarás que intentaba cazarte, no?

–Al principio pensé todo tipo de cosas, pero ya no. Sé que tú jamás harías algo así.

Imogen sonrió.

–¿Cómo fue su nacimiento?

–Duro. Estuve de parto veinticuatro horas, pero después la tuve sobre mi pecho y, sinceramente... –se le hizo un nudo en la garganta al recordar que había mirado a su alrededor en la habitación de hospital deseando que Nadir estuviera allí–. La matrona me dijo que te llamé durante el parto.

Mientras dejaba a Nadeena en una mantita a la sombra, Nadir se detuvo y la miró.

–Siento mucho haberte dejado sola. Siento mucho que tuvieras que pasar por eso sola.

–No estuve sola del todo –dijo conteniendo las lágrimas–. Minh fue a visitarnos y después se ocupó de nosotras.

–Genial. Recuérdame que le dé las gracias la próxima vez que le vea –contestó él con brusquedad.

–Es...

Nadir le puso un dedo sobre los labios.

–No quiero hablar de él. Y no volverás a necesitarlo, ni a él ni a ningún otro hombre, ¿está claro, Imogen? Y si tenemos más hijos, no tendrás que pasar por ello sin mí. Lo prometo.

¿Más hijos? Ella ni se lo había planteado, aunque lo cierto era que no habían usado protección cuando habían estado juntos. Se llevó la mano a la tripa e intentó asimilar las emociones que la asaltaban. Felicidad, incredulidad, nerviosismo...

–¿Qué pasa, *habibi*? ¿Es que no quieres más hijos?

–Sí, ¿y tú?

La sonrisa de Nadir resultó ser lo más dulce que Imogen había visto en su vida.

–Muchos.

Lo único que habría hecho más especial ese momento habría sido que él le hubiera dicho que la amaba. ¡Lo que habría dado ella por oír esas dulces palabras saliendo de su boca!

–Jamás pensé que querrías hijos.

–Y no quería. Supongo que las cosas cambian. La gente cambia.

Imogen pensó en su padre. ¿Habría cambiado y sería mejor con su nueva familia?

–¿Qué te pasa, *habibi*?

–Nada –¿por qué arruinar el momento hablando del pasado? Su relación con Nadir estaba tan bien como podía desear. Apoyó la cabeza contra su hombro e intentó no hacer caso a esas voces en su cabeza que le decían que tanta felicidad no podía durar.

–Ven. He organizado una sorpresa.

–¿Qué es?

–*Sand-boarding*.

–¿Qué es eso?

–Te encantará, *habibi*. Confía en mí. Es como el esquí acuático.

–He confiado en ti –dijo Imogen estirando sus doloridas piernas– y esto no se parece en nada al esquí acuático.

Nadir se apoyó en la puerta del dormitorio de Imogen y sonrió.

–¿Ah, no?

La sorpresa había incluido también un oasis donde habían sacado un maravilloso provecho de los momentos en los que Nadeena se había quedado dormida, pero luego Imogen lo había estropeado todo haciendo *sandboarding* por una duna tan grande como una montaña.

–Sabes que no.

–Pero me ha impresionado mucho que lo hayas intentado.

–¡Pero si me he caído tanto que todavía me duele el trasero!

Nadir se apartó de la puerta y fue hacia ella.

–¿Si quieres, te lo puedo besar para que se te cure? –la besó y ella echó los brazos alrededor de su cuello.

–He pasado unos días estupendos. Gracias.

–Un placer. Espero que te haya gustado el oasis. Es uno de mis lugares favoritos.

–Ha sido extraordinario y no sé por qué no se encuentra en los destinos favoritos de todo el mundo. En serio, Nadir, tu idea de convertirlo en un complejo ecológico es única.

–Tú sí que eres única, *habibi*. Y ahora dime que, por favor, has cambiado de opinión sobre lo de pasar juntos la víspera de la boda.

–No. Sabes que es tradición que la novia y el novio pasen la noche separados y quiero empezar nuestro matrimonio con el pie derecho.

La novia solía pasar la noche anterior con sus amigos, pero Caro y Minh no podrían llegar hasta el día siguiente, así que solo estarían Nadeena y ella.

–¿Y qué pasa con Zachim? Sé que estás muy preocupado por él y, si quieres que pospongamos la boda, podemos hacerlo.

–No. Para el Consejo es importante que la boda siga adelante. Encontraré a Zach.

–¿Y si no lo consigues?

–Lo encontraré. Ahora dime, ¿eres feliz, *habibi*?

Imogen vaciló, aunque la realidad era que sí que era feliz. Más feliz de lo que había sido en mucho tiempo.

–Sí, lo soy.

Él le besó la punta de la nariz y se acercó a la cuna para besar a su hija.

–Buenas noches.

Nadir le dio un beso tan apasionado que Imogen a punto estuvo de cambiar de idea e ir en contra de la tradición, pero él se apartó y, brevemente, apoyó la frente contra la suya antes de marcharse.

Imogen cerró la puerta y suspiró. Ya se sentía sola sin él y se dijo que era peligroso quererlo tanto. Pero por mucho que lo intentaba, no podía borrarse la sonrisa de la boca.

Su teléfono sonó con un mensaje; sonrió al ver que era de Minh diciéndole que llegarían a mediodía. Cuando los había invitado, lo había hecho en busca de apoyo. Ahora que habían pasado unos días, que en realidad parecían meses, sentía que se alegraba de que fueran a acompañarla, pero ya no tanto por el apoyo que pudieran darle, sino más bien por el hecho de compartir con ellos el que sería uno de los días más felices de su vida.

Con mariposas en el estómago, y negándose a dejarse afectar por ellas, fue directa a la ducha.

Capítulo 14

NADIR nunca había sentido nervios y, aun así, ese día, el día de la boda, estaba histérico. Tal vez tenía algo que ver con que el cielo estuviera cubierto, cuando normalmente estaba azul y despejado en esa época del año. Al menos no había tormenta de arena, lo cual ya era algo, sobre todo teniendo en cuenta que el convoy que había enviado a buscar a su hermano había encontrado el todoterreno que Zach se había llevado volcado y hundido en la arena. No le había dicho nada a Imogen, pero estaba muy preocupado de que le hubiera pasado algo terrible a su hermano. Por suerte, no se había encontrado ningún cuerpo, lo cual significaba que no había quedado enterrado junto al vehículo.

Sabía que debería posponer la boda hasta que supiera qué había pasado, pero por alguna razón no podía hacerlo, tal vez porque no creía que pudiera relajarse del todo hasta no estar casado con Imogen. ¿De verdad ella estaba feliz con la situación o solo estaba sacando lo mejor de una mala situación? Recordó la noche anterior, cuando la había visto vacilar antes de responderle que era feliz. Decidido a no dejarse angustiar por esa duda, centró su atención en su hija, que no dejaba de dar saltos en sus brazos. Se la había llevado pronto para que Imogen pudiera relajarse en un baño perfumado y prepararse para él como tanta novias se habían preparado para sus hombres a lo largo de los siglos. Eso le había despertado toda clase de imágenes sobre ella desnuda, mojada y oliendo a las flores más dulces, sabiendo como la flor más dulce.

Nadeena señaló algo por encima de su hombro y comenzó a balbucear.

–¿Qué pasa, *habibi*?

Se giró hacia donde estaba señalando la niña y vio a un mozo de cuadra peinando a una yegua.

–*Hisaan*. Caballo.

Se acercaron, acarició el cuello del caballo y vio cómo su hija tomaba confianza y alargaba el brazo hacia la yegua. El caballo resopló y la niña apartó la mano. Sonriendo, él volvió a poner la mano sobre el caballo para animar a la niña a hacer lo mismo.

–No pasa nada, *habibi*. No te pasará nada mientras yo esté contigo –se le encogió el corazón cuando la niña hizo lo que le indicó. Al instante, miró hacia el palacio y vio a Imogen observándolos desde el balcón de la suite. El tiempo pareció detenerse y no pudo apartar la mirada de ella.

Le habían hecho un elaborado recogido y tenía los ojos perfilados con kohl y los labios pintados de un rosa intenso. El ruido de un claxon le recordó que coches de Estado llevaban toda la mañana yendo y viniendo cargados de invitados que presenciarían su unión con la mujer a la que más apreciaba por encima de las demás. ¿Apreciaba?

Amaba. El corazón le palpitó con fuerza cuando su cabeza asimiló esa palabra. Casi se rio. ¡Claro que la amaba! Imogen lo completaba. Adoraba despertarse a su lado, rodearla con sus brazos por las noches, escucharla hablar sobre sus sueños, sus esperanzas... Y ya que sabía que ella quería casarse por amor, quería decirle lo que sentía antes de la ceremonia.

–Tu papá es un idiota –le dijo a Nadeena, que lo miró muy seria y balbuceó.

Riéndose, Nadir volvió a mirar al balcón, pero lo encontró vacío. De pronto, lo invadió un intenso sentimiento de vulnerabilidad. ¿Qué diría cuando le confesara lo que sentía? ¿Y era ese el momento de decírselo? Tal vez debía esperar y tantearla un poco antes de empezar con los «Te quiero». Inmerso en sus pensamientos de camino a palacio, no vio a su hermano hasta que prácticamente se chocó con él. Primero sintió alivio, luego lo invadió la furia.

–¿Dónde demonios has estado? ¡Tienes muchas cosas que explicar!

–¿Ah, así? –preguntó Zach, con la ropa arrugada y cubierta de arena y una barba que parecía de una semana–. Gracias por la preocupación y por el tardío equipo de rescate.

–Tienes un aspecto horrible. ¿Qué ha pasado?

–Resumiendo, digamos que tuve un desafortunado encuentro con una de las tribus de las montañas menos acogedoras.

–¡Vaya! Por un momento pensé que te habías ido con una mujer.

–Supongo que, técnicamente, se podría decir que así es, pero no es que fuera por propia elección. Ahora mismo está encerrada en el viejo harén. No es lo más apropiado para el día de tu boda, pero no sabía que era tu boda hasta hace una hora.

–¿Tienes una mujer encerrada en el harén?

–Farah Hajjar, para ser exactos –dijo disgustado.

–¡La hija de Mohamed Hajjar!

–La misma.

–¡Hajjar pedirá tu cabeza por esto!

–Los dos han estado a punto de hacerlo.

–¿No habrás hecho nada con ella, no?

–Ni un jabalí salvaje podría con esa mujer –miró a Nadeena–. Supongo que es mi sobrina.

–Estás cambiando de tema.

–Sí –sonrió a Nadeena–. Es preciosa.

–Lo sé –Nadir quería preguntarle qué demonios había pasado, pero para eso habría tiempo luego. Le bastaba con que hubiera vuelto de una pieza–. Ahora no tengo tiempo para que me des los detalles, pero al menos veo que estás bien.

–No gracias a ti –dijo él sin rencor–. Anda, vamos a charlar un poco mientras me aseo.

–No puedo.

–¿Por qué no? Aún faltan horas para la boda.

–No, pero... –quería ver a Imogen–. Toma, ten a tu sobrina y conoceos un poco.

Se sorprendió al ver que Zach la tomó en brazos encantado.

–¡Ey, no te sorprendas tanto! Se me dan bien los niños. Son como las mujeres y los caballos. Hay que tratarlos con máximo cuidado y no hacer nada que los enfade, ¿verdad, *habibi*?

Nadir esperó para asegurarse de que su hija se quedaba tranquila y sonrió al verla agarrar las barbas de su tío.

–Si llora, llévala con Maab.

–¿Dónde vas a estar tú?

–Con Imogen.

–Ah...

Su hermano le lanzó una sonrisa y él comenzó a subir las escaleras de dos en dos en dirección a la suite de Imogen.

No debería haber salido al balcón, pero el tiempo se le había hecho interminable desde que se había levantado y aún le quedaban cuatro horas hasta la boda. Tenía mariposas por el estómago y los labios secos. A ese paso se acabaría el bote de crema de rosas que Tasnim le había dado.

Aún no estaba vestida, solo llevaba una bata de seda que formaba parte de todo lo que Nadir le había comprado. Era de seda parisina, al igual que su ropa interior. El vestido era maravilloso. Lo habían cosido veinte mujeres del pueblo y Tasnim le había dicho que habían trabajado horas y horas para crear un vestido digno de una reina, lo cual le recordó que tenía que pagarse su propia dote porque no quería que Nadir le facilitara todo lo que necesitara.

Suspiró intentando encontrar algo que la distrajera, pero nada lograba calmarle los nervios. ¿Estaba así de inquieta porque todo había salido casi a la perfección? Nadir no le había dicho que la amaba, pero sí que siempre haría lo correcto por ella y por sus hijos. Se llevó la mano al vientre. ¿Podrían haber creado otra vida juntos esa semana?

Unos golpecitos en la puerta la sorprendieron y supo que era Nadir. Fue hacia la puerta aun sabiendo que no debían verse antes de la boda.

—¡Minh!

Se le saltaron las lágrimas en cuanto vio a su amigo de pie en la puerta vestido con traje y corbata, algo que siempre había dicho que jamás se pondría.

—Imogen... ¿qué pasa? Dime qué te pasa. Si ese cretino te ha hecho daño, se las verá conmigo —la abrazó y ella sacudió la cabeza para decirle que estaba bien. Hundió la cabeza en su pecho. Era una estupidez llorar así—. Lo siento... No sé qué me ha pasado. He estado esperando a que llegaras y... ¡Oh, Minh, estoy tan...!

—¿Feliz?

Al oír la profunda voz de Nadir, se apartó de Minh.

–¿Eufórica, tal vez?

–No te he oído llamar.

–Has dejado la puerta abierta. Tengo que hablar con Imogen. A solas.

–¿Qué le has hecho?

–Minh, no.

–Esto no me gusta, Im. Te dije que...

–Por favor, Minh. Seguro que no tardaremos mucho.

–Estaré aquí fuera –dijo lanzándole a Nadir una mirada de advertencia.

Imogen suspiró cuando su amigo cerró la puerta y se giró hacia Nadir.

–Nadir, ¿qué pasa? ¿Y Nadeena?

–Está bien, está con Zach.

–¡Oh, entonces ha vuelto!

–Sí.

–Es una noticia maravillosa. Pensé que tal vez... –respiró hondo–. ¿Está bien?

–Muy bien.

–Pues eso es bueno, ¿no?

–Muy bueno.

–Estás empezado a asustarme, Nadir.

–Lo siento, no es mi intención, pero tenemos que aclarar algunas cosas antes de la boda.

–¿Como por ejemplo?

–Como el hecho de que no estarías aquí si no fuese por Nadeena.

–Lo sé.

–Y nunca has querido este matrimonio.

–No, yo...

–Querías casarte por amor. ¿Es eso lo que querías decir?

Ella asintió, y sacudió la cabeza a continuación. No, no iba a decir eso.

–¿Sí o no, Imogen?

–Sí, quería casarme por amor, pero... –lo miró y ahora en él vio al antiguo Nadir, el que la había encontrado hacía una semana, el que la había abandonado en París–. Ya lo he asumido.

–Pues entonces eres libre para marcharte.

–¿Cómo dices?

–He dicho que eres libre para marcharte –fue hacia la puerta.

–Nadir, espera. No entiendo lo que estás diciendo.

–Digo que estoy de acuerdo contigo. Un matrimonio de conveniencia no es razón suficiente para unir a dos personas para siempre. Ni siquiera por el bien de un hijo.

–Espera. ¿Estás diciendo que ya no quieres casarte conmigo?

–Estoy diciendo que eres libre y que puedes marcharte.

La habitación pareció sacudirse e Imogen se agarró al respaldo de una silla. Lágrimas de incredulidad le salpicaron los ojos, pero se negó a dejarlas caer.

–¿Y qué pasa con Nadeena?

–Mis abogados estarán en contacto para los derechos de visitas, ¿no se llaman así?

Estaba siendo tan frío que Imogen sintió ganas de gritar.

–Me refiero a qué pasa con tu deseo de formar parte de su vida... permanentemente.

Empezó a temblar. Eso no podía estar pasando.

–Sigo queriendo estar en su vida –miró a otro lado como si le resultara demasiado difícil mirarla a la cara–. Pero he reconsiderado mi posición.

¿Que había reconsiderado su posición?

–¡Ay, Dios mío!

–Aún la quiero, pero no así.

Atónita, Imogen lo miró. Había cambiado de opinión.

–Te dije que esto pasaría –alzó la barbilla–. ¿Dónde está Nadeena?

–Te he dicho que está con Zach. Maldita sea, Imogen. Pensé que te alegraría.

Ella estaba decidida a que no viera cuánto le había vuelto a hacer daño, cuánto ella había dejado que volviera a hacerle daño. ¡Era una idiota de enormes proporciones!

–Lo estoy.

–Pues entonces no hay nada más que decir.

–Nada –le aseguró y se encerró en el baño antes de que él viera la desesperación en sus ojos.

Nadir estaba sentado en el escritorio de su padre mirando la pantalla del ordenador. Cuando la puerta se abrió de golpe vio a su hermano vestido con la túnica de gala y un gesto serio.

–¿Qué estás haciendo?

–Trabajando. Tienes mejor aspecto.

–Es increíble lo que pueden hacer una ducha y un afeitado –se sentó frente a Nadir–. ¿Por qué estás trabajando? Te casas en menos de dos horas.

Nadir centró la mirada en el e-mail que había estado intentando leer.

–Ya no. Le he dicho a Staph que mande a los invitados a casa.

–Lo sé. Ha venido a contármelo.

–Bien. Me alegra que estés aquí. Tenemos que hablar de quién dirigirá Bakaan y he reconsiderado mi posición. Si no quieres ocupar el puesto, seré el próximo rey.

–¡Vaya cambio!

–Es increíble lo que puede pasar en una semana.

Había encontrado a su examante y a su hija, se había enamorado de las dos y las había perdido. Por eso, ahora, ocupar el papel de llevar a Bakaan al siglo XXI lo mantendría ocupado y entretenido para no tener que pensar nada de eso.

–Nadir, hermano, no creo que ese sea el asunto más importante a discutir ahora. ¿Qué está pasando?

Nadir pensó en la escena que había interrumpido en la habitación de Imogen... Su examante abrazándola con fuerza. En un principio se había sentido furioso y su primer instinto había sido agarrar a ese idiota, apartarlo de ella, y darle una buena paliza por tocar lo que era suyo. Después se había fijado en que Imogen no se estaba resistiendo, que estaba acurrucada a él y llorando. Esas lágrimas le habían partido el corazón y se había dado cuenta de que estaba comportándose como su padre al apartar a su madre de su aldea tribal en un arrebato de pasión y después obligarla a cumplir su voluntad cuando se había ido con otra mujer. Había actuado como un tirano que no le había dado elección.

Quería controlar las emociones porque sabía que había sido un error dejarlas sueltas. Habían confundido las cosas; le habían hecho pensar que el sexo era amor cuando lo cierto era que Imogen y él compartían una química fenomenal y una hija, y que la quería tanto que no podía forzarla a hacer algo que no quisiera.

–No pasa nada.

–Venga, no me vengas con esas.

–De acuerdo. He encontrado a Imogen en los brazos de su examante.

–¡Desnudos!

–No –suspiró–. Estaba llorando.

–¿Por qué?

–Porque quiere casarse con él, no conmigo –se levantó y se giró hacia la ventana–. ¿Cómo iba a saberlo yo? Invitó a su exnovio a la boda y ahora están juntos.

–Vaya, eso es duro. ¿Por qué lo habrá hecho?

–Supongo que porque lo ama.

–No, digo que por qué accedió a casarse contigo si seguía enamorada de otra persona.

–¿Acaso importa? Vivía con ese tipo en Londres y ahora es libre para marcharse con él.

–Y eso es lo que ella quiere.

–Sí. Y ahora, hay muchas cosas que arreglar. Espero que quieras quedarte en Bakaan aunque no aceptes el trono porque voy a necesitar una mano derecha y quiero que seas tú.

–A ver, para que me quede claro –dijo Zach ignorando su intento de cambiar de tema–, te ha dicho a la cara que prefiere a ese otro tipo antes que a ti.

–¿Podemos olvidarnos de Imogen? –preguntó exasperado–. No es relevante en esta discusión.

–Claro. Si no te preocupa que se acueste con otro, ¿quién soy yo para discutírtelo?

–¡Te he dicho que te olvides de ella!

–Lo haré si lo haces tú.

–Ya lo he hecho.

–No.

–¡Maldita sea, Zach! Le he dado elección y le ha elegido a él. Si quieres restregármelo por las narices, ya puedes irte al infierno.

–Espera un minuto, colega. No te estoy restregando nada, te estoy diciendo que puede que te hayas equivocado.

–No.

–Pues deja que te pregunte una cosa. ¿Te estás acostando con ella?

–Si sigues por ese camino te digo que esto no va a acabar bien.

–Solo escúchame. Intento decirte que conozco a las mujeres y no conozco a muchas que se acostarían con un tipo si están enamoradas de otro.

–De esas hay muchas.

–Ah, de acuerdo, entonces dices que Imogen es una de esas...

–No, no lo es. Ella jamás jugaría con los sentimientos de nadie.

–Bien, pues entonces deja de hacer el idiota.

–Mira, Zach, sé que estás intentando hacer que me sienta mejor, pero no te preocupes. Estoy bien.

–Hermanito, no intento hacerte sentir mejor, intento que lo reconsideres.

–La única elección que he tenido ha sido dejarla marchar. La obligué a venir aquí, le metí en la cabeza la idea del matrimonio y le dije que no aceptaría un no por respuesta.

–Como el viejo.

–Eso es. Igual que el viejo. ¿Cuándo me he convertido en él?

–No lo has hecho. Sí, tienes su lado arrogante y testarudo, pero tú no te aprovechas de la gente y jamás aplastarías a nadie para salir ganando.

–En eso te equivocas. He pasado por encima de Imogen.

–Lo dudo, pero si es verdad, discúlpate y sé agradable. Dile lo que sientes y a ver qué pasa.

Eso no podía hacerlo, él nunca le decía a la gente cómo se sentía.

–La quiero.

–¿Tú crees? Me encantaría sentir lo mismo por una mujer, pero ahora tengo que ver cómo me libro de vivir con una que preferiría atravesarme con un sable antes que mirarme.

Nadir había olvidado lo de Farah Hajjar.

–Dudo que su padre insista en la unión. Odia a nuestra familia.

–No pasa nada, puedo con Farah y con su padre loco. Tú haznos un favor a los dos y ve por tu mujer.

–¡Príncipe Zachim! –los dos levantaron la vista y vieron a Staph en la puerta–. Tiene que venir enseguida. La mujer que ha metido en el harén ha desaparecido.

–¿Desaparecido? Eso es imposible. He puesto un guardia en la puerta.

–Sí, mi señor, y no la encuentra.

Zachim soltó una sarta de insultos y Nadir volvió al escritorio sonriendo.

–Me encantaría quedarme y ayudarte, pero...

Esas palabras quedaron en el aire cuando Zach salió de la habitación pensando en el desastre que lo aguardaba.

Nadir fue hacia la puerta y se detuvo junto a Staph.

–¿Qué le has dicho a los invitados que ya han llegado?

–Nada, mi señor.

Nadir sonrió.

–Eres un viejo zorro, Staph. Espero que sigas teniendo fe en mí.

–Así es, mi señor.

–¿Dónde están Imogen y mi hija?

–En su suite.

Imogen seleccionó lo que necesitaría para Nadeena durante el viaje de vuelta a Londres y buscó una bolsa para guardarlo todo.

Aún no podía asimilar lo que Nadir le había dicho antes porque había sido como si le hubieran hecho un agujero en el corazón y le hubieran metido dentro dinamita. Era ridículo sentirse así porque desde el principio había sabido que él acabaría huyendo.

–¿Imogen? ¿*Habibi*? ¿Estás bien?

Imogen se giró ante el sonido de su voz con los ojos llenos de lágrimas.

–¿Qué haces aquí?

Se había quitado todo el maquillaje y se había puesto unos vaqueros y una camiseta para volver a casa exactamente tal como había llegado allí. Bueno, casi...

–Tenía que verte.

–Bueno, pues ya me has visto, así que ahora vete, por favor.

–*Habibi*, yo...

–No me llames así.

–De acuerdo. Sé que estás molesta por mi culpa y solo quiero hablar.

–No, no hay más que hablar. Ya he terminado aquí, Nadir.

Él miró a su alrededor y vio la pequeña cantidad de ropa sobre la cama y la cuna vacía.

–¿Dónde está Nadeena? ¿No tendría que estar durmiendo?

–Sí, pero como nos vamos, Minh está intentando mantenerla despierta para que duerma en el... bueno, esto no tiene importancia. ¿Podrías irte, por favor? –lo último que quería era derrumbarse delante de él. Era demasiado doloroso verlo, estar cerca de él, y se echaría a llorar en cualquier momento.

–Tal vez sea bueno que hablemos de él.

–¿Hablar de quién?

–De tu amigo Minh.

—¿Qué pasa con él?

—¿Lo amas?

—¿Por qué me preguntas eso?

—Porque tengo que asegurarme de que he hecho lo correcto al dejarte marchar.

—¿Dejarme marchar? Me has dicho que me vaya porque has pensado que ya no quieres casarte conmigo.

—Claro que quiero casarme contigo. Solo he reconsiderado el motivo de nuestro matrimonio.

—No te entiendo. Has cancelado la ceremonia.

—Sí, pero no quería hacerlo.

—¿Y por qué lo has hecho?

—Porque me dijiste que te casabas conmigo solo por Nadeena y yo quería algo más.

—¿Más?

Se pasó una mano por la cara, frustrado.

—Lo que intento decirte es que te amo.

—¿Me amas?

—Sí, pero si prefieres a Minh, me apartaré.

—Nadir, Minh es gay.

—¡Gay! —la cara que puso no tuvo precio e Imogen se habría echado a reír de no ser porque se encontraba muy mareada.

—¿Cómo has podido pensar que estaba enamorada de él y que, aun así, me he acostado contigo?

—Como le he explicado a nuestra hija esta mañana, soy un imbécil, sobre todo contigo.

—¿Hablas en serio al decir que me quieres?

Nadir la besó.

—Para, esto solo confundirá más las cosas.

—Al contrario, nuestra relación física es lo único que está claro. Imogen, *habibi*, ¿podrás perdonarme por haber sido un estúpido esta tarde? Cuando te he visto llorando en sus brazos he pensado que era porque no querías casarte conmigo, y no podía soportar la idea de hacerte daño.

–¿Y por qué has pensado que no quería casarme contigo?

–Porque hoy me he dado cuenta de que me parezco mucho a mi padre y de que no podía obligarte a hacer lo que yo quisiera. Quería liberarte, darte elección.

Imogen se secó las lágrimas.

–Pensé que habías decidido que ya no me deseabas, que no era suficiente para ti.

–Oh, *habibi*, eres demasiado para mí. Eres demasiado maravillosa, demasiado hermosa, demasiado generosa. Estoy seguro de que me enamoré en cuanto te vi en París porque no he podido dejar de pensar en ti desde entonces, pero no quería verlo porque me daba miedo que me hicieran daño.

–Yo soy culpable de lo mismo y siento exactamente lo mismo. Me enamoré de ti en cuanto te vi y nunca he dejado de amarte. Te quiero tanto que me duele. Pellízcame porque no me puedo creer que esto esté pasando.

–Pues créelo –dijo llevándola a sí–. Y ten por seguro que no habrá más malentendidos entre nosotros. Sabes que te amo, que siempre te amaré a ti y a todos nuestros hijos. Dime que me crees.

–Te creo –le sonrió–. Y pienso que yo también he tenido mucha culpa porque no he luchado por ti, no he luchado por nosotros. Pero eso ya no volverá a pasar, no volveré a dudar de nosotros.

–Y yo jamás te daré motivos para que dudes. Ahora, por favor, *habibi*, ¿me puedes dar esto? –le preguntó quitándole el anillo del dedo.

Después se arrodilló, pero antes de que pudiera formular la pregunta, alguien llamó a la puerta y de pronto apareció Minh con Nadeena.

–Creo que mejor vuelvo luego –dijo el chico con los ojos como platos.

–No –Nadir se levantó–. Sé que no nos han presentado formalmente, pero soy Nadir Zaman Al-Darkhan y me gustaría que mi hija estuviera presente.

–Oh, claro –respondió Minh.

Nadir puso a Nadeena en los brazos de Imogen y se arrodilló de nuevo.

–Me alegra que nuestra hija esté aquí porque quiero que presencie cómo se debería comportar un hombre cuando está enamorado de una mujer para que sepa lo que tiene que esperar de un hombre en el futuro.

–Oh, Nadir... –se le llenaron los ojos de lágrimas–. ¡Te quiero tanto!

Nadeena comenzó a dar palmas y a intentar hacerse con el anillo.

–Lo siento, *habibi*, pero es para tu madre. Imogen Reid Benson, ¿me concederás el honor de convertirte en mi esposa esta tarde?

–¿Esta tarde?

–Sí. Al parecer, hay una sala llena de invitados esperándonos.

–¡Pero no estoy preparada!

–¿Puedo tomar eso como un «sí»?

–Sí, ¡claro que sí! –lo levantó del suelo y lo abrazó con Nadeena en brazos. Ambas apoyaron la cabeza en su pecho y Nadir la besó.

–Creo que necesito un pañuelo.

Imogen sonrió a Minh.

–Me voy a casar.

Nadir la besó de nuevo.

–Sí, dentro de una hora. Y deberías saber que le he dicho a Zach que quiero ser rey si él rechaza el puesto.

Imogen sonrió y por fin sintió que todo estaba donde debería estar.

–Lo hará. Tú naciste para ser rey, Nadir –le acarició la cara con una mirada llena del amor que sentía por él, el amor que siempre sentiría por él–. Naciste para ser mi rey.

Nadir esbozó una sexy y lenta sonrisa.

–Un rey que estará a tu servicio. Siempre.

El jeque Zafir, un rey entre los hombres, no podía permitir que la emoción o los sentimientos afectaran a su razón. Debía controlar sus deseos carnales para asegurar la paz en su reino. No obstante, Fern Davenport, una mujer sensual, puso a prueba su autocontrol. Zafir tenía que poseerla.

La inocente Fern Davenport intentó resistirse a los encantos del jeque, puesto que sabía que nunca se casaría con ella. Sin embargo, bajo el sol abrasador se despertó una sed incendiaria, y la consecuencia de una noche increíble sería duradera.

¡Por tanto el jeque tuvo que reclamar a su heredero y a su esposa!

Un jeque seductor

Dani Collins

Acepte 2 de nuestras mejores novelas de amor GRATIS

¡Y reciba un regalo sorpresa!

Deseo

PERLAS DEL CORAZÓN

EMILY McKAY

Como heredera de una familia conocida por sus escándalos, Meg Lathem siempre había mantenido las distancias. Pero su hija necesitaba una operación quirúrgica urgente, de modo que debía tomar una decisión: pedir ayuda al infame padre de su hija, Grant Sheppard, o a su propia familia, los temidos Cain.

Grant tenía un motivo oculto cuando se acostó con Meg por primera vez: vengarse de su padre, Hollister Cain. Sin embargo, ante la noticia de su inesperada paternidad y la enfermedad de su hija, descubrió que sus sentimientos por Meg iban más allá de una mera venganza.

La heredera perdida volvió con un secreto que lo cambió todo

¡YA EN TU PUNTO DE VENTA!

Bianca.

**Aquella joven inocente e inexperta
no tardaría en convertirse en su amante…**

Tallie Paget se había mudado a Londres para hacer realidad sus sueños, por eso, cuando le ofrecieron cuidar de aquel elegante apartamento, aceptó, encantada con su buena suerte…

El millonario Mark Benedict se quedó de piedra al volver a su lujoso apartamento londinense y encontrar a Tallie en la ducha de su dormitorio, pero la sorpresa no le resultó nada desagradable. Se sintió atraído por su hermosa e inocente huésped… y Tallie no pudo resistirse a los encantos de Mark…

En busca de un sueño

Sara Craven